LAKE JACKSON LIBRARY

0 2011

D0685121

Un griego cruel
Kate Walker

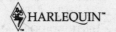

HARLEQUIN™

Editado por HARLEQUIN IBÉRICA, S.A.
Núñez de Balboa, 56
28001 Madrid

© 2009 Kate Walker. Todos los derechos reservados.
UN GRIEGO CRUEL, N.º 2065 - 16.3.11
Título original: The Konstantos Marriage Demand
Publicada originalmente por Mills & Boon®, Ltd., Londres.

Todos los derechos están reservados incluidos los de reproducción,
total o parcial. Esta edición ha sido publicada con permiso de
Harlequin Enterprises II BV.
Todos los personajes de este libro son ficticios. Cualquier parecido
con alguna persona, viva o muerta, es pura coincidencia.
® Harlequin, logotipo Harlequin y Bianca son marcas registradas
por Harlequin Books S.A.
® y ™ son marcas registradas por Harlequin Enterprises Limited y
sus filiales, utilizadas con licencia. Las marcas que lleven ® están
registradas en la Oficina Española de Patentes y Marcas y en otros
países.

I.S.B.N.: 978-84-671-9593-4
Depósito legal: B-2510-2011
Editor responsable: Luis Pugni
Preimpresión y fotomecánica: M.T. Color & Diseño, S.L.
C/ Colquide, 6 portal 2 - 3º H. 28230 Las Rozas (Madrid)
Impresión en Black print CPI (Barcelona)
Fecha impresion para Argentina: 12.9.11
Distribuidor exclusivo para España: LOGISTA
Distribuidor para México: CODIPLYRSA
Distribuidores para Argentina: interior, BERTRAN, S.A.C. Vélez
Sársfield, 1950. Cap. Fed./ Buenos Aires y Gran Buenos Aires,
VACCARO SÁNCHEZ y Cía, S.A.
Distribuidor para Chile: DISTRIBUIDORA ALFA, S.A.

BRAZORIA COUNTY LIBRARY
ANGLETON   TEXAS

Capítulo 1

A PESAR de que el viento y la lluvia que golpeaban su rostro la cegaban, Sadie no tuvo ningún problema en llegar a la puerta de las oficinas donde había concertado una cita a primera hora de la mañana. Sus pies la dirigieron hasta allí mecánicamente desde el metro porque conocía el camino de memoria, aunque en el pasado lo hubiera realizado en muy distintas circunstancias.

Por aquel entonces, Sadie habría llegado en taxi o en un coche conducido por un chófer que le habría abierto la puerta de las oficinas centrales de su padre, el presidente de Carteret Incorporated. Pero en el presente, pertenecían al hombre que se había propuesto arruinar a su familia para vengarse de la forma en que había sido tratado, y que había conseguido su objetivo hasta límites insospechados.

Las lágrimas asomaron a los ojos de Sadie, empañándole la vista mientras cruzaba el umbral de las grandiosas puertas que daban acceso al edificio, donde en grandes letras doradas el nombre de su padre y de su familia había sido sustituido por el de Konstantos Corporation

¿Cómo iba a poder entrar sin recordar a su padre, fallecido hacía seis meses, y sin pensar en el hombre que lo había odiado hasta el punto de arrebatarle todo lo que poseía y adueñarse de la compañía que su bisabuelo había transformado de la nada en una empresa multimillonaria?

Sadie sacudió la cabeza para retirarse el negro y brillante cabello de la cara, y con una nueva determinación en sus oscuros ojos verdes entró en el gran vestíbulo de mármol. Sus tacones repicaron en el suelo al acercarse al mostrador de la recepción con paso firme.

Estaba decidida a impedir que los crueles recuerdos del pasado debilitaran el valor que había tenido que reunir para llegar hasta allí. Era su última oportunidad de domar al león en su jaula y, si era preciso, suplicarle que le concediera un único deseo. Las consecuencias de no lograrlo eran impredecibles, y por el bien de su madre, de su hermano pequeño y de ella misma, no podía permitirse flaquear.

–Tengo una cita con el señor Nikos Konstantos –dijo a la elegante recepcionista.

Confió en haber disimulado el temblor que le causaba mencionar al hombre al que había amado hasta la locura, el nombre que había querido llevar el resto de su vida hasta que descubrió que para él, ella no era más que un peón en un espantoso juego de poder y de venganza, en una jugada maestra para resarcirse de las heridas causadas mucho tiempo atrás, que habían acabado envenenando la vida de tantas personas. Incluida la suya.

–¿Cuál es su nombre? –preguntó la recepcionista.

–Carter –Sadie bajó la mirada para disimular lo embarazoso que le resultaba mentir–. Sandie Carter.

Había tenido que dar un nombre falso porque estaba convencida de que Nikos no le concedería una cita bajo su nombre real. Cualquier intento de verlo habría sido recibido con su arrogante negativa y ella se habría encontrado en el punto de partida: desesperada y sin ninguna esperanza.

La recepcionista comprobó la lista en el ordenador y sonrió al encontrar el nombre.

–Ha llegado un poco pronto.

–No importa, puedo esperar.

«Un poco pronto» era un eufemismo. Faltaba más de media hora, pero Sadie había salido de casa en cuanto estuvo lista por temor a arrepentirse y no acudir a la cita.

–No será necesario –dijo la mujer–. Ha habido una cancelación y el señor Konstantos podrá recibirla de inmediato.

–Gracias –dijo Sadie, a pesar de que cada vez le resultaba más difícil imaginar un encuentro con Nikos en la que había sido la oficina de su padre. ¿Qué le habría hecho pensar que podría verlo después de cinco años en el lugar en el que el declive de su familia se hacía más patente?–. Quizá sea mejor que... –comenzó, sintiendo que perdía el valor y decidiéndose a buscar una excusa para cancelar la cita y evitar verse cara a cara con...

–Señor Konstantos...

El súbito cambio de expresión de la recepcionista habría bastado para que Sadie supiera lo que estaba pasando. Los ojos de la mujer se agrandaron y clavó la vista en un punto intermedio por detrás del hombro de Sadie, y ésta tuvo la certeza de que tenía detrás a Nikos, que se había aproximado tan sigilosa y, con toda seguridad, tan peligrosamente, como un tigre.

–Hola, ¿ha llegado mi cita de las diez?

–Está aquí mismo.

La recepcionista indicó a Sadie con una sonrisa, asumiendo que ésta se volvería. Pero Sadie se había quedado paralizada y con la mente en blanco, incapaz de pensar nada más allá que Nikos Konstantos estaba detrás de ella y de que en cualquier momento iba averiguar quién era.

Sólo oír su voz había bastado para producir ese efecto en ella, aquel tono grave y sensual le anulaba el cerebro, impidiéndole sentir otra cosa que un escalofrío recorrerle la espalda. En el pasado, aquella misma voz le había susurrado al oído en la oscuridad, prometiéndole un futuro maravilloso. Y ella, embriagada por la sensualidad que su mera presencia le hacía sentir, había creído en él ciega e ingenuamente.

–¿Señora Carter?

Su prolongado silencio había causado el efecto contrario al que hubiera querido. En lugar de hacerla invisible, había causado el desconcierto de la recepcionista que la miraba inquisitiva al tiempo que con la cabeza indicaba la presencia del hombre que estaba a su espalda. Un hombre al que no podía haberle pasado desapercibida su actitud tensa y descortés.

–Ésta es la señora Carter –insistió la recepcionista–. Su cita de las diez.

Tenía que moverse. No tenía elección. Cuadrándose de hombros y haciendo acopio de valor, Sadie tomó aire y se giró sobre los talones hasta que se encontró frente al hombre con el que había estado a punto de casarse.

Él la reconoció al instante a pesar de lo mucho que había cambiado durante aquellos años, y que ya no era la joven y despreocupada Sadie que él había conocido. Y al reconocerla, la expresión de su rostro se endureció, sus ojos brillaron amenazadores y una vena le palpitó en la sien.

–¡Tú! –fue todo lo que dijo, pero cargó aquella sencilla palabra con tal desprecio y odio que Sadie se estremeció.

–Sí, yo –dijo ella. Y se dio cuenta de que la determinación tras la que intentó ocultar su nerviosismo lo irritó aún más–. Hola, Nikos.

–A mi despacho... Ahora mismo –dijo él, dando media vuelta y caminando, obviamente convencido de que ella lo seguía, de que no cabía la posibilidad de que no la obedeciera.

Y en cierta medida estaba en lo cierto. O lo seguía o se marchaba sin cumplir su misión, y puesto que había pasado lo peor, que era verlo, tendría que quedarse aunque no hubiera tenido tiempo para preparar lo que iba a decirle y a pesar de que, al haberlo tomado desprevenido, hubiera conseguido enfurecerlo.

Su ira era evidente en su lenguaje corporal. Desde detrás podía verse cómo tensaba los hombros, cómo mantenía la columna rígida. Cómo alzaba la cabeza con gesto arrogante.

Sadie no había tenido muchas oportunidades de verlo vestido tan formalmente, y su caro traje, además de enfatizar su magnífica constitución, lo dotaba de un aire distante e inaccesible que le hizo sentir nostalgia del Nikos más dulce y amable... en el que había creído hasta que se quitó la máscara.

–¿Vienes o no?

La impaciente pregunta la sacó de su ensimismamiento con un sobresalto. Dulce y cálido eran dos adjetivos que no se correspondían en absoluto con el

Nikos que la miraba desde el interior del ascensor, apretando el botón que mantenía las puertas abiertas. Sadie aceleró el paso y entró precipitadamente, apretando la espalda contra la pared de la cabina, como si quisiera huir.

Nikos bajó la mano y las puertas se cerraron.

–He... –empezó Sadie. Pero la gélida mirada de Nikos la hizo enmudecer.

Había olvidado que sus ojos de color bronce podían cambiar de acuerdo con la luz hasta convertirse en oro líquido o en la más dulce miel. Sin embargo, no había ni el menor vestigio de aquella dulzura en la forma en la que la miraba en ese momento, ni del calor que podría haberla ayudado a fundir el nudo de hielo que sentía en el estómago y que le hacía sentir náuseas.

Nikos no hizo el menor esfuerzo por crear un ambiente más relajado, sino que se apoyó de brazos cruzados en la pared mientras la observaba con tal intensidad que Sadie creyó que acabaría convirtiéndola en cenizas. Incómoda e incapaz de aguantar el silencio por más tiempo, se obligó a volver a intentarlo.

–Pue-puedo explicarte por qué... –fue todo lo que pudo decir antes de que él la cortara con un brusco gesto de la mano.

–En mi despacho –masculló con expresión inescrutable.

–Pero es que...

–En el despacho –repitió él, dejando claro que no era una cuestión negociable.

Sadie sintió claustrofobia al estar encerrada con él en un lugar tan reducido, y decidió que era mejor a enfrentarse a él en un espacio menos agobiante.

–Está bien. Al llegar a tu despacho –dijo, devolviendo con sus profundos ojos verdes una mirada desafiante a la airada frialdad con la que él le clavaba sus ojos dorados.

Nikos reconoció la provocación en aquella mirada y se acomodó contra el espejo de la pared preguntándose si Sadie era consciente de la ira que despertaba en él, e imaginó que, de saberlo, habría dado un paso atrás.

Que era exactamente lo que él debía hacer. Dar un paso atrás y recuperar el dominio de sí mismo. El shock que le había causado descubrir que Sadie Carteret era su cita de las diez lo había dejado fuera de juego.

Sadie Carteret... la mujer que lo había utilizado y que prácticamente había causado la muerte de su padre antes de dejarlo plantado el día de su boda. Sólo recordarlo le hacía sentir tal odio, que no comprendía cómo aquel sentimiento no aniquilaba cualquier otra emoción que pudiera despertar en él, por muy básica que fuera.

Y sin embargo, era el deseo lo primero que lo había golpeado. Pura y violenta lujuria masculina. Incluso antes de que se diera la vuelta. Había bastado una ojeada a su figura esbelta, a su firme trasero y a la suave curva de sus caderas para tener la certeza de que quería conocer en mayor profundidad y lo antes posible a aquella Sandie Carter.

Pero entonces se había vuelto y había descubierto que se trataba de Sadie Carteret, la mujer que le había destrozado la vida cinco años atrás y que volvía a ella súbitamente. ¿Para qué?

–Supongo que es un lugar más privado –comentó

ella, peinándose con las manos y luego pasándose las palmas por la falda, como si quiera librarse del sudor provocado por los nervios.

Que no estuviera tan segura de sí misma como aparentaba permitió a Nikos relajarse. Sólo si conseguía desestabilizarla y pillarla con la guardia baja conseguiría saber cuál era la verdadera razón de que estuviera allí. Porque era evidente que quería algo de él...

–¿Y prefieres tener la conversación en un lugar privado?

–¿Tú no? –preguntó ella, retadora, mirándolo con ojos llameantes y la barbilla alzada–. ¿No es ésa la razón de que prefieras esperar a llegar a tu despacho?

–Lo que no quiero es que todo el mundo se entere de lo que hablemos.

Ya había experimentado esa sensación después de que ella entrara en su vida como un torbellino para luego abandonarlo, dejándolo todo del revés. Ya había sido lo bastante espantoso que los periódicos económicos describieran la caída del imperio Konstantos con evidente satisfacción, como para tener además que enfrentarse a las revistas del corazón, cuyos artículos todavía le dejaban un regusto amargo en la boca y despertaban su ira.

–Yo tampoco –dijo ella, bajando la mirada como si algo en el tono de Nikos le hubiera hecho cambiar de actitud.

¿Sería que tenía algo que ocultar? ¿Algo que no quería que cayera en manos de los periódicos? ¿Algo que él podría usar para humillarla como ella lo había hecho con él? La mera posibilidad de que ése fuera el caso le produjo una enorme satisfacción.

–Por fin estamos de acuerdo en algo.

Tendría que ser paciente para averiguar la verdad, y contener el impulso de enfrentarse a ella, de retarla y humillarla. No. Esperaría a estar en su despacho y entonces lo sabría todo.

Aunque intuía que sabía la verdad porque la visita de Sadie sólo podía deberse a que quisiera pedirle dinero. Después de todo, era lo que más debía echar en falta. Al arruinar a su padre, había acabado con su lujoso estilo de vida; y una vez muerto Edwin Carteret, no tenía a nadie más a quien pedirle ayuda.

Pero debía estar desesperada si acudía a él. Lo bastante como para dar un nombre falso. Era consciente de que como Sadie Carteret jamás la habría recibido... Lo cual no explicaba por qué la estaba llevando a su despacho en lugar de llamar a los guardas de seguridad para echarla.

No estaba dispuesto a reconocer, ni siquiera a sí mismo, la reacción física instantánea que le había causado verla, ni el hecho de que en aquel reducido espacio en el que su imagen se multiplicaba en los espejos de las paredes, su presencia, con su delicada figura, su densa melena y su delicada piel de porcelana, le resultaba abrumadora. Su perfume le llegaba en oleadas con cada uno de sus movimientos, y cuando sacudió la cabeza para retirarse el cabello hacía atrás, lo envolvió el aroma fresco de su champú y un instinto primitivo lo atenazó, despertando en él un violento deseo que le obligó a cambiar de posición para aliviar la incomodidad física que le causaba su pulsante sexo.

Afortunadamente, el ascensor se detuvo y las puertas se abrieron al pasillo enmoquetado en gris por el que se accedía a su despacho. Nikos se echó a un lado deliberadamente para dejar que Sadie lo precediera.

–A la izquierda –dijo, aunque sabía que las instrucciones eran innecesarias puesto que Sadie conocía el camino incluso mejor que él, tal y como demostró al tomar la dirección correcta incluso antes de que se la indicara.

Sadie se arrepintió de no haber esperado por temor a que la seguridad con la que se movía en el edificio lo irritara aún más, pero no había podido evitarlo ya que, después de todo, había recorrido aquel mismo camino cientos de veces a lo largo de su vida.

Aprovechó que Nikos no la veía para recomponer su gesto y disimular la crispación que le causaba la sensación de haber sido expulsada de su territorio.

Debía recordar que pertenecía a Nikos, que lo gobernaba como un rey griego de la antigüedad, quizá incluso como un tirano. Porque aunque Sadie no sabía cómo se comportaría como jefe, no le costaba imaginar que era severo y extremadamente eficiente. Apenas había tardado cinco años en recuperar la fortuna de Konstantos Corporation. Para ello no había dudado en utilizarla y así vengarse de la forma en que su padre lo había tratado en el pasado.

–Perdona... –dijo al tiempo que aminoraba el paso y esperaba a que Nikos se pusiera a su altura para indicar el camino.

Sin embargo, Nikos no aprovechó la invitación, sino que permaneció detrás de ella, como una presencia amenazadora cerniéndose sobre su hombro. Imposible verlo... Imposible juzgar su estado de ánimo.

Lo tenía tan cerca que prácticamente podía sentir

el calor que irradiaba. El aroma de su fresco after-shave le llegaba a la nariz, haciéndole recordar el olor penetrante del mar azul de la isla que la familia Konstantos poseía, una isla que formaba parte del patrimonio que Edwin le había arrebatado y que Sadie asumía que habría vuelto a manos de Nikos si es que su padre no la había vendido a terceros.

Pensar en esa posibilidad le hizo estremecer de culpabilidad, sabiendo como sabía que Nikos adoraba aquella isla y que era tan importante para él como Thorn Trees, la casa de su familia, lo era para su madre. Por eso mismo tenía la esperanza de que Nikos la comprendiera.

—Es aquí...

Nikos posó la mano en su cintura una fracción de segundo para indicarle una puerta, pero bastó para que Sadie sintiera su piel arder bajo el fino jersey de lana azul.

Había conocido bien aquel tacto en el pasado, lo había sentido íntimamente en el cuerpo, en su ansiosa piel libre de la barrera de la ropa. Había recibido las caricias y los besos de Nikos en cada milímetro de su ser, y en aquel momento, como si se tratara de un violín en perfecta sincronía con su maestro, sintió que se estremecía en respuesta a los recuerdos evocados por aquel leve contacto.

—Ya lo sé —dijo bruscamente para ocultar su turbación.

—Claro que lo sabes —dijo Nikos con una indisimulada irritación que dejó claro que acababa de sobrepasar la línea. Empujó la puerta por encima del hombro de Sadie y añadió—: Pero permíteme...

No necesitaba decir más para remarcar que él era

el dueño de aquel lugar, que tenía el poder en sus manos. Y Sadie se dijo que haría bien en no olvidarlo y se obligó a tomar aire lentamente y a controlar sus dispersos pensamientos. Necesitaba que Nikos estuviera de su lado y sería una estúpida si lo enfurecía antes de haberle hecho su petición.

–Gracias.

Consiguió sonar amable y educada, aunque quizá no tan sumisa como hubiera requerido la ocasión. Pero la sumisión no era su fuerte. Además, el corazón le latía con tanta fuerza que la voz le salió más titubeante de lo que hubiera querido. La tensión que la dominaba por el nerviosismo y por el temor a la reacción de Nikos ante lo que iba a decirle

Ésa tenía que ser la única causa de lo alterada que se sentía. No estaba dispuesta a admitir que pudiera haber ningún otro motivo, pero después de la forma en que su cuerpo había reaccionado al olor de Nikos, a su proximidad y al roce de su mano, sabía que algo mucho más profundo podía llegar a desestabilizarla, algo en lo que no quería pensar ni analizar por temor a lo que pudiera encontrarse.

–Adelante.

Nikos seguía usando un tono excesivamente amable con el que sólo lograba intensificar la sensación de amenaza que Sadie sentía y que le servía de recordatorio de que en cualquier momento el depredador podía caer sobre su presa. Una vez en el despacho, al amparo de la privacidad que Nikos había buscado, sin testigos ni nadie que pudiera acudir en su ayuda, Sadie sabía que llegaría el momento crítico en el que Nikos podía finalmente decidirse a atacarla.

Ese pensamiento hizo que le temblaran las piernas

mientras, en el centro de la habitación, se preguntaba cómo introducir el tema que la había llevado hasta allí. Nikos pasó de largo y fue hasta el escritorio con movimientos bruscos y medidos, con el cuerpo en actitud tensa para evitar cualquier gesto que pudiera desvelar una emoción. Pero cuando se volvió con expresión sombría, Sadie sintió que el corazón se le caía a los pies.

Enfado, puro enfado era lo que transmitían los rasgos crispados de su frío rostro y sus incendiarios ojos dorados. Sin testigos ni nadie que pudiera escuchar sus palabras, Nikos había dejado caer la máscara de la formalidad y la buena educación. El verdadero Nikos, torvo, primario y muy, muy enfadado, se mostraba en plenitud, sin pretender ocultar la ira que lo dominaba y que dirigía hacia Sadie.

El depredador había decidido abalanzarse sobre su presa... para acabar con ella.

Capítulo 2

H AS MENTIDO dando un nombre falso! –dijo
Nikos en cuanto se cerró la puerta.
–¡No podía hacer otra cosa! –dijo ella, haciendo un esfuerzo sobrehumano para contener el
pánico que sentía–. ¿Qué querías que hiciera? Si
llego a dar mi nombre real no habrías accedido a
verme.

–Por supuesto que no. Pero lo cierto es que estás
aquí y que has mentido para conseguir entrar, así que
debes querer algo muy importante. ¿De qué se trata?

Su mirada estaba tan cargada de ira, era tan incen-
diaria, que a Sadie le extrañó que no la redujera a cenizas. Desde detrás del escritorio, con el torso ade-
lantado en actitud amenazadora, pulsó el botón del
interfono. Sadie oyó responder a una mujer.

–No me pases llamadas –ordenó él con la seguridad de ser obedecido–. Y no quiero que nadie me
moleste.

Sadie pensó que si la secretaria se atrevía a incumplir sus órdenes debía ser una mujer mucho más va-
liente que ella, pero ése y cualquier otro pensamiento
se borró de su mente en cuanto Nikos volvió a mirarla.

–Así que dime, ¿qué haces aquí?
–Yo...

Al enfrentarse a su mirada de hielo y a la rabia contenida de Nikos, le costó recordar el motivo concreto que la había llevado hasta allí o la forma en que debía exponerlo para conseguir que en lugar de oponerse radicalmente por ser ella quien era, al menos estuviera dispuesto a considerarlo. Le alegró que la gran superficie pulida del escritorio sirviera de barrera entre ellos y frenara la poderosa energía de Nikos Konstantos. Aunque fuera una reacción completamente irracional, al sentir su mirada amenazadora clavada en ella, Sadie tuvo la impresión de que el espacio se encogía, contrayéndose a su alrededor e impidiéndole respirar. Se sentía atrapada en una habitación que de pronto resultaba demasiado pequeña como para contenerlos a los dos.

Por el contrario, Nikos parecía haber adquirido una dimensión extraordinaria y poderosa, y, dominando el espacio, la mantenía cautiva con la pura fuerza de su presencia.

¿O tendrían aquellos sentimientos algo que ver con el hecho de que aquel despacho hubiera pertenecido a su padre en el pasado? Sin embargo, no quedaba la menor huella de su anterior ocupante. Todo objeto de Edwin había sido sustituido por alguno mucho más moderno y elegante, más caro. El despacho no había presentado un aspecto tan distinguido ni en los mejores tiempos de Carteret Incorporated.

Los oscuros y pesados muebles habían sido sustituidos por otros más claros; el suelo estaba cubierto por elegantes alfombras en tonos dorados, y junto al ventanal había un rincón acogedor con un sofá y dos sillones.

Todo ello reflejaba los gustos de Nikos Konstantos, el hombre que al ver cómo todo aquello por lo que su padre había luchado le era arrebatado, dejándolo en la ruina, había luchado hasta conseguir recuperar su imperio empresarial en menos de cinco años e incluso ampliarlo. Konstantos Corporation era una empresa más poderosa, fuerte y rica de lo que lo había sido en el pasado. Y en el proceso, había absorbido a Carteret Incorporated

Mientras Sadie vacilaba sobre cómo actuar, él se ajustó los gemelos dando un impaciente tirón al puño de su camisa antes de mirar el reloj con gesto de impaciencia.

–Tienes cinco minutos para decir lo que quieras –dijo con aspereza–. Ni un minuto más.

Sadie sintió cómo la garganta se le secaba al instante y la lengua se le pegaba al paladar. Por más que tragó no consiguió articular palabra.

–¿Po-podemos sentarnos un momento? –balbuceó finalmente, mirando ansiosamente hacia una butaca. Quizá si podía dejar de concentrarse en que las piernas la mantuvieran de pie recuperaría el habla y el razonamiento necesario como para expresar sus pensamientos.

Nikos no había pensado ni por un momento en dejar que Sadie se sintiera cómoda o permitir que prolongara su visita ni un segundo más del tiempo que le había concedido. Su mera presencia le hacía sentirse en el ojo de un huracán con la capacidad de sumir su vida en un caos. Su voz evocaba recuerdos que había conseguido arrinconar y que no tenía ningún deseo de revivir. Habría preferido no volver a hablar con Sadie Carteret en su vida.

«Dile que se marche, papá».

Las últimas palabras que le había oído pronunciar desde lo alto de la escalera en el que sería el peor día de su vida, todavía lo asaltaban y despertaban su ira.

«Dile que sólo me interesaba por su dinero, y que ahora que ya no lo tiene, no quiero volver a verlo».

Y al sentir cómo todo su cuerpo se ponía en tensión, Nikos se dio cuenta de que tampoco él había querido volver a verla. Afortunadamente, el deseo inicial que había sentido en el ascensor se había borrado. El recuerdo de sus palabras y de la frialdad con las que las pronunció, sin tan siquiera molestarse en bajar al vestíbulo para decírselas en persona, enfrió su corazón, en el que sólo quedaba hueco para un odio salvaje.

Cuanto antes se explicara y se fuera, mejor.

–Cinco minutos –repitió con vehemencia–. Después llamaré a seguridad para que te acompañen a la salida. Ya has perdido uno.

–¡Quería hablar contigo sobre la posibilidad de comprar Thorn Trees!

Sadie consiguió su total interés. Nikos la miró con suspicacia.

–¿Comprar? ¿Acaso has hecho una fortuna?

Sadie se dio cuenta de que había cometido un error al pronunciar las primeras palabras que se le pasaron por la cabeza.

–No, claro que no. Nunca podría comprarla. Sólo... –que Nikos volviera la mirada hacia el reloj y observara el segundero avanzar, la sacó de sus casillas–. ¡Maldita sea! Nos arrebataste todo lo que mi padre poseía excepto la casa. Sólo quería pedirte que nos dejaras alquilarla.

–¿Alquilarla?

Al dejarse llevar por la cólera, Sadie sólo había conseguido intensificar la de Nikos, que la observó con los labios apretados en un severo rictus.

—Esa casa es una propiedad de lujo en uno de los barrios más exclusivos de Londres. Tras una restauración podría venderla por un par de millones. ¿Por qué habría de alquilártela?

—Porque la necesito.

«Porque la felicidad de mi madre, quizá incluso su cordura, dependen de ello», pensó Sadie aunque no lo expresara en alto. No estaba dispuesta a compartir esas intimidades con un Nikos que la observaba con la distancia y la indiferencia de un juez ante el tribunal de justicia a punto de emitir una condena a muerte. Si quería que su madre conservara algún vestigio de dignidad, tendría que tragarse su orgullo y, si era necesario, suplicar.

—Como has dicho, necesita una obra de restauración. Ahora mismo no te darían el precio del mercado por ella.

—Y no voy a poder hacer las obras mientras estéis tú y tu madre en ella. Creía haber dado instrucciones a mis abogados para...

—Y así es.

Desde luego que las había dado. La carta anunciando que Nikos Konstantos era el nuevo dueño de Thorn Trees y que debían marcharse de ella antes del final de mes, había llegado días atrás. Por suerte, Sadie había podido interceptarla antes de que la leyera su madre y así había podido ocultarle la noticia por unas horas. Pero al día siguiente, Sarah la había encontrado y su reacción de pánico y angustia había decidido a Sadie a hacer lo que iba a hacer en aquel mismo instante: pedirle a Nikos que les dejara quedarse en la casa, al menos hasta que su madre estuviera algo más fuerte.

Aunque por la expresión de Nikos, dudaba de llegar a tener éxito.

–Tranquilo, tu abogado ha cumplido tus órdenes al pie de la letra.

–Entonces ya sabes cuáles son mis planes para la casa, y que no incluyen tener a dos inquilinas.

–¡Pero es que no tenemos dónde ir!

–Buscaos un sitio –dijo Nikos con una brutal frialdad.

El contraste con el recuerdo de aquel mismo hombre cinco años atrás hizo que su actitud resultase aún más dolorosa para Sadie. Un hombre al que había amado tanto como para preferir romper su propio corazón antes que romper el de él. Y lo peor fue que sólo más tarde descubrió que ni siquiera tenía corazón.

Sintió las lágrimas irritarle los ojos y pestañeó con fuerza para contenerlas.

–No es tan sencillo –dijo con voz débil–. Como sabes, la situación económica...

Sadie dejó la frase en el aire por temor a que se volviera contra ella. Claro que Nikos conocía el estado de la economía y los cambios que se habían producido en los dos últimos años. Precisamente ese había sido su argumento contra Edwin, aprovechando las enormes fluctuaciones de la Bolsa a su favor y en contra del hombre al que tanto odiaba.

–Creía que tenías un negocio propio –dijo Nikos.

–Pero es muy pequeño.

Y no iba demasiado bien. Ya casi nadie se permitía el lujo de contratar a alguien para organizar su boda. Llevaba semanas sin recibir una llamada, y la última que había tenido había sido para una cancelación.

—Pues búscate otra casa. Hay un montón en el mercado.

—No puedo permitirme...

—¿No puedes permitirte una casa más pequeña y quieres alquilar Thorn Tress? ¿Eres consciente de cuánto puedo pedir por ella?

—Sí.

Desde luego que Sadie lo había calculado y que se había cuestionado si le iba a ser posible enfrentarse a los gastos que tendría que pagar cada mes.

—¿O es que pensabas que conseguirías convencerme para que te hiciera un precio de amigo? —preguntó él con sorna.

Sadie se tensó al pensar en lo poco adecuada que era aquella palabra para describir su relación. Tampoco en el pasado. Habían sido amantes, prometidos, futuro matrimonio... pero nunca amigos.

Recordó la alegría con la que había recibido la declaración de Nikos y cuánto había deseado que llegara el día de una boda que había terminado cancelando a pesar de que con ello se le rompiera el corazón. Pero aún peor había sido descubrir más tarde cuáles eran los verdaderos planes de Nikos.

Su crisis personal, que había coincidido con la de su familia, la había dejado en tal estado de abatimiento que había acabado actuando de acuerdo a los dictados de su padre. Él había escrito el guión de aquellos espantosos días, y ella lo había seguido al pie de la letra. Con ello había mantenido a su madre a salvo, y su padre se había asegurado de que los esfuerzos de Nikos por verla fracasaran, evitándole así un mayor sufrimiento.

–Yo...

–Búscate otra casa, Sadie –dijo Nikos.

–No quiero otra casa. Quiero...

Sabía que Nikos le preguntaría por qué, y temía su reacción cuando lo supiera. ¿La comprendería tal y como habría hecho el Nikos al que había conocido años atrás, o el Nikos del presente se aprovecharía de las circunstancias para vengarse aún más de la familia que había arruinado a su padre, arrebatándole todo lo que poseía? ¿Sería la verdad una aliada o un arma en manos de Nikos?

Sadie tragó saliva.

–Perdona, pero... –dijo con voz entrecortada–. ¿Puedes darme un café o un vaso de agua? –al ver la mirada de desdén con que Nikos la miraba, ella misma contestó–. No, claro, eso me robaría parte de los cinco minutos que me has dado. Olvídalo.

La desesperación hizo que se le nublara la vista. Debía darse por vencida, admitir su derrota. Pero el recuerdo de la expresión del rostro de su madre cuando se había despedido de ella le devolvió la determinación. Sarah y el pequeño George necesitaban un hogar, y ella era la única baza que les quedaba para conservarla.

–Aquí tienes...

Sadie se sobresaltó al oír la voz de Nikos muy cerca de ella. Parpadeó para aclarar la visión y lo descubrió delante de sí, tendiéndole un vaso de agua burbujeante que le resultó como un oasis en medio del desierto.

–Gracias –dijo verdaderamente agradecida.

Al alargar la mano para tomar el vaso, calculó mal la distancia y aunque pretendió sujetarlo por la base, cerró la mano sobre la de Nikos.

–Perdona –dijo precipitadamente.

Sintió una sacudida eléctrica recorrerle el brazo y aunque su intención fue retirar la mano de inmediato, tuvo la sensación de que los cálidos dedos de Nikos se fundían con los de ella, impidiéndole moverlos.

Por su parte Nikos no pareció tener el mismo problema, y sin dejar de mirarla con dureza, giró los dedos para evitar el contacto con los de ella. En cuanto se aseguró que sujetaba el vaso con firmeza, retiró la mano y bajó el brazo.

Sin apartar sus ojos de los de él, Sadie se llevó el vaso a los labios y dio un largo trago, confiando en que el agua la ayudara a deshacer el nudo que se le había formado en la garganta

–Gra...

Sadie enmudeció ante el cambió imperceptible que se produjo en la forma en que Nikos la miraba y que convirtió sus ojos en dos lagos de bronce fundido que la atraparon con su poder hipnótico. Bebió precipitadamente para contrarrestar la súbita oleada de calor que la invadió.

–Gracias.

Su voz al menos sonó más firme, sin aquel quiebro quejumbroso que dejaba al descubierto las emociones que quería ocultar.

Alargó la mano, asumiendo que Nikos tomaría el vaso y miraría el reloj para darle a entender que apenas le quedaba tiempo, pero él la desconcertó al ignorar el vaso y a cambio, alargar la mano y acariciarle el rabillo del ojo derecho. Instintivamente, se estremeció, y hubiera retrocedido de no haber estado atrapada por la mirada de Nikos.

–¿Lloras? –dijo él con incredulidad–. ¿Lloras por una casa?

Sadie se llevó la mano a la cara mecánicamente y al pasársela por los ojos descubrió que Nikos decía la verdad. Sin que lo hubiera percibido, unas lágrimas le humedecían las mejillas.

–No se trata sólo de una casa –dijo, sintiendo que el alma se le caía a los pies al ver en la profundidad de los ojos de Nikos que malinterpretaba la verdadera razón de su llanto.

Por un instante no supo si había pronunciado las palabras en alto o sólo en su cabeza, pero sintió que los ojos de Nikos la quemaban como si quisieran penetrar en su cerebro.

No lloraba por su casa, por mucho que fuera el hogar familiar y que perderla fuera a romper el corazón de su madre, sino por el espantoso sentimiento de pérdida que había experimentado en cuanto Nikos se había aproximado a ella.

Había acudido a aquel encuentro mentalizada, diciéndose que lo que habían sentido por él en el pasado estaba muerto y enterrado, que el tiempo había cicatrizado sus heridas y que ya no lo amaba, que la manera en que la había traicionado y la forma en que había llevado a cabo su fría venganza la habían hecho inmune a Nikos, hasta el punto de haber matado incluso el odio que pudiera haber sentido por él.

Sin embargo, lo que sentía desde que lo había visto no tenía nada que ver con la indiferencia. Su cuerpo parecía haber despertado, enfebrecido, en cuanto sus manos se habían rozado.

Pero no se trataba sólo el contacto físico. Era su mirada, el olor de su piel, el sonido de su voz, su mera presencia. Todo en él despertaba sus sentidos, quemándola como si un rayo de sol cayera directamente sobre ella y al mismo tiempo la congelara, impidiéndola moverse o apartar la mirada, mientras un perturbador anhelo físico reptaba en su interior manifestándose en un pulsante latido que le recorría las venas.

–No se trata sólo de la casa –repitió con la esperanza de que Nikos se separara de ella.

Pero él también parecía haberse quedado tan paralizado como ella. Sus ojos clavados en Sadie, su ardiente mirada tan fija que ni siquiera parpadeaba. Y Sadie percibió sin necesidad de ver, cómo su garganta se movía al tragar saliva.

–Sadie –dijo él finalmente perdiendo por primera vez algo de su aplomo.

Y oír su nombre en los labios de Nikos fue como sentir que un puñal se le clavara en el corazón y que éste se le acelerara hasta dejarla sin respiración. El acento de Nikos, su cálido tono de voz, la habían devuelto súbitamente a los días en que él pronunciaba su nombre en el clímax de la pasión, en la oscuridad de la noche.

Mecánicamente se humedeció los labios y volvió a sentirse deshidratada.

–Sadie –repitió él. Y finalmente, retiró lentamente el dedo que mantenía delicadamente posado sobre su mejilla.

Pero no para romper el contacto y alejarse de ella, sino sólo para ajustar su mano a su mentón y alzarle el rostro mientras la miraba con los párpados pesados y una ardiente mirada... Antes de inclinarse a besarla.

Sadie sintió que llevaba años esperándolo, como si se tratara del beso que llevaba anhelando toda la vida. Le paralizó el corazón por su delicadeza, por su sensualidad. Nikos sabía lo que hacía, el efecto que conseguía con ello. Era un beso de seducción, dirigido sin titubeos a su libido.

Sadie relajó la mano y el vaso cayó al suelo. Oyó vagamente el ruido amortiguado por la alfombra, pero después no percibió nada excepto el calor de Nikos envolviéndola con sus brazos, sus labios presionando los de ella, entreabriéndolos para deslizar su lengua en su boca. Luego sus dedos enredándose en su cabello, presionándole la nuca, haciéndole girar la cabeza hasta acoplar a la perfección sus labios.

Sadie se sintió arrastrada por una corriente de embriagadora sensualidad, perdió el control de sí misma, dejó que su cuerpo siguiera ciegamente el camino que Nikos señalara. En sus manos era como una marioneta sin voluntad propia, maleable. Alzó las manos y se abrazó a su cuello, devolviéndole el beso apasionadamente.

–Nikos... –susurró contra su mejilla cuando él giró la cabeza y con sus labios buscó el pulsante hueco en la base de su garganta.

En cuanto Sadie sintió sus húmedos labios, una corriente recorrió cada una de sus terminaciones nerviosas y humedeció el punto más íntimo de su cuerpo entre sus piernas. Automáticamente, se pegó a él, presionando su cuerpo contra el sexo endurecido que refelajaba la intensidad de su deseo. Sadie anhelaba esa presión, quería más. Y Nikos también, como lo demostró al asirla por las nalgas, apretándola contra sí para intensificar la intimidad del contacto.

–Nikos... –volvió a pronunciar su nombre, hundiendo los dedos en su cabello ansiosamente.

Sintió que su cuerpo se fundía con el de Nikos. Él exhaló un suspiro al tiempo que recorría su costado con las manos hasta llegar a sus senos y acariciar con los pulgares sus pezones, pellizcándolos hasta endurecerlos a través de la ropa, arrancando de Sadie un gemido al tiempo que se retorcía contra él, buscando la presión de sus manos.

–Sí, Nikos, sí... Esto...

Pero sus palabras se ahogaron en su garganta al sentir que Nikos se detenía bruscamente.

–¡No!

Con el cuerpo en tensión, Nikos alzó la cabeza y la miró con una hostilidad renovada al tiempo que dejaba caer los brazos y la separaba de sí mientras ella se quedaba tan desconcertada por su cambio de actitud que no pudo reaccionar. Enmudecida, observó cómo Nikos se ajustaba la chaqueta y se pasaba las manos por el cabello que ella había despeinado. Luego, vio horrorizada que miraba el reloj una vez más.

–Prácticamente se te ha acabado el tiempo. Sólo te quedan cincuenta segundos –dijo con total frialdad–. ¿Quieres decirme algo antes de marcharte?

Capítulo 3

NIKOS se amonestó por haber cometido la locura de tocarla, de posar sus dedos sobre su piel de terciopelo. No debería haberse acercado tanto a ella como para aspirar su aroma. Habían bastado dos pasos en su dirección y que sus dedos se rozaran alrededor del vaso para que sintiera su sangre acelerarse y despertara en él la misma excitación que siempre le había hecho sentir en el pasado, a la misma velocidad e intensidad que un rayo.

Llevaba cinco años intentado apartarla de su mente; había logrado olvidar el sabor de su boca.... Y volver a probarlo le había provocado la misma borrachera, la misma locura que tantas veces antes había sentido. ¿Cómo podía haber dejado que Sadie le causara aquel demoledor efecto en apenas unos minutos?

Un roce había bastado para verse asaltado por un deseo que le agarrotó la garganta y le aceleró el corazón.

Nada más sentir su mejilla bajo el dedo, los recuerdos lo habían golpeado con violencia. Sadie desnuda, bajo su cuerpo, caliente y ansiosa, suplicando sus caricias... abriéndose a él...

¡No! No podía tomar aquel peligroso sendero por muy tentador que le resultara.

–Repito –dijo, inyectando a sus palabras la mayor

aspereza de la que fue capaz–: ¿Quieres decirme algo antes de marcharte?

Sadie sentía que la cabeza le daba vueltas. No lograba poner orden en sus pensamientos y sólo recordaba la sensación de ser abrazada por Nikos, la presión de sus cuerpos en contacto. Tenía el corazón todavía acelerado y sentía en su boca el sabor de la de él, mientras en su interior seguía ardiendo un peligroso fuego que al no haber sido apagado amenazaba con consumirla. Pero el calor se transformó bruscamente en un escalofrío.

–¿Y bien? –insistió Nikos con impaciencia, al tiempo que volvía a mirar el reloj.

–Yo... –al no lograr articular palabra, Sadie sacudió la cabeza como si con ella pudiera conseguir aclarar su mente.

Nikos la miró con el ceño fruncido.

–¿Qué significa eso? –preguntó malhumorado–. ¿Que no tienes nada que decir o que no piensas marcharte? Porque si tú no tienes prisa, te aseguro que yo sí. En un cuarto de hora tengo otra cita, luego he quedado a almorzar y después tengo una reunión. Así que no puedo perder tiempo esperando a que te des cuenta de que has pedido lo que querías y no lo has conseguido.

–¿No? –repitió ella, empezando a asimilar lo que estaba sucediendo y dándose cuenta de que Nikos la estaba despidiendo sin darle la mínima esperanza de recuperar la casa de su familia.

–Ni sueñes con que te venda Thorn Trees o te la alquile –dijo Nikos, confirmando sus peores sospechas–. Mis planes siguen siendo los mismos que antes de que tú...

–¡Por favor! –estalló Sadie. Pensar en cómo reaccionaría su madre ante la noticia le animó a hacer un último esfuerzo para despertar la compasión de Nikos–. ¡Por favor no digas eso! Tienes que comprender... Seguro que a cambio puedo hacer algo por ti.

–¿Y qué te hace pensar eso? ¿Qué demonios podría querer yo de ti? Te aseguro que no hay...

–¡Tiene que haber algo!

–Nada.

El tono de Nikos le advirtió de que era mejor no insistir, el gesto que hizo, peinándose el cabello hacia atrás con rostro inmutable fue una señal de que había recuperado el control y ya sólo le importaba su próxima cita de trabajo. La que mantenía con ella había concluido y no tenía el menor interés en prolongarla.

–Pero lo que acaba de suceder... tiene que... –dejó las palabras en suspenso y al mirar a Nikos descubrió la cruel verdad.

–¿Qué acaba de suceder? –preguntó Nikos con desdén, mirándola de arriba abajo.

–Pensaba que... Cuando...

Sadie no logró articular: «Cuando me has besado». Había confiado, había albergado la esperanza de que el apasionado beso de Nikos significara que todavía sentía algo por ella, o al menos de que quedaba algo de la atracción que había sentido en el pasado. Pero si llegaba a hablar, temía que su voz delatara la desilusión que le causaba descubrir que estaba equivocada.

–¿Te refieres a cuando te he besado? –dijo Nikos con sorna–. Dime, dulce Sadie, ¿qué creías que estaba pasando?

–Yo... –empezó Sadie.

Pero Nikos se adelantó a ella.

–¿Creías que quedaba en mí un vestigio de afecto? ¿O tal vez de...? –fingió que reflexionaba antes de poner cara de sorpresa–. *Thee mou*, ¿no habrás pensado que sentía amor, verdad? Si es así, lo siento mucho.

Sadie sintió que las mejillas le ardían.

–¡No mientas! –exclamó, saliendo de su parálisis gracias a la rabia–. No lo sientes en absoluto. Claro que no ha habido nada parecido a amor.

Era imposible. Nadie podía amar un segundo y ser tan cruel el siguiente.

–Por supuesto que no –confirmó él con frialdad.

–Entonces, ¿qué ha sido?

¿Crueldad? ¿Manipulación? ¿Un test?

–¿No está claro? –preguntó Nikos con dulzura–. No he podido reprimirme.

Sadie se quedó desconcertada ante una respuesta tan inesperada. Pero Nikos había anticipado su reacción y al verla abrir los ojos con sorpresa, supo que había logrado su objetivo. Una sonrisa que no llegó a iluminar sus ojos, asomó a sus labios; hizo la pausa precisa para dar tiempo a que Sadie asimilara lo que acababa de decir antes de entrar a matar.

–Es lo que pasa con la libido –dijo con lentitud–. Se ve que todavía, como en el pasado, despiertas mis instintos masculinos más básicos.

–¿Se supone que debo tomármelo como un cumplido? Porque si es así, vas a tener que buscar otro.

Nikos recibió el pretendido sarcasmo de Sadie con total indiferencia.

–La libido no es algo que me preocupe –continuó como si no la hubiera oído–. Puedo decidir si quiero dejarme llevar o no.

–Y cuando me has manoseado ha sido porque te has dejado llevar.

–Yo no te he manoseado, Sadie –le corrigió Nikos, sacudiendo la cabeza como si le diera lástima aquella errónea interpretación de su comportamiento–. Yo no manoseo a las mujeres. Y de haber sido así, tú no habrías reaccionado como lo has hecho.

–Yo... –Sadie intentó protestar, pero perdió súbitamente el valor.

–Si quieres que te sea sincero –continuó Nikos–, quería comprobar si seguías sabiendo igual. Y la respuesta es afirmativa.

–¿Qué quieres decir? –preguntó ella, desconcertada una vez por lo inesperado del comentario.

–Que tu boca sabe exactamente igual –tras una breve pausa, Nikos añadió–. En el pasado no supe identificarlo, pero ahora sé que es el sabor de la mentira y del engaño, el sabor de la traición.

Sadie hubiera querido negar la acusación, devolverle el insulto, pero ¿qué podía hacer si en el fondo Nikos decía la verdad? Pero al menos a ella la habían obligado a traicionarlo, mientras que él había planeado su traición fríamente y por voluntad propia. Nikos había hecho exactamente lo que quería.

–Las cosas no sucedieron como tú crees, pero supongo que no te interesa oír la verdad.

–Desde luego que no. De hecho, no quiero oír ni una palabra más de tu boca.

–Pero la casa... –empezó Sadie, arrastrada por la pura desesperación, dispuesta a humillarse si era preciso para no decepcionar a su madre y a su hermano pequeño.

–¡*Gamoto!* –exclamó Nikos, alzando las manos en un gesto de exasperación–. ¿Cuántas veces tengo que decirte que ni te vendería ni te alquilaría Thorn Trees aunque fueras la única persona en el mundo?

–¡Pero tiene que haber alguna manera de llegar a un acuerdo! Seguro que hay algo que pueda hacer... Lo que sea...

Al ver cómo la miraba Nikos, Sadie se dio cuenta de que había cometido un grave error.

–¿Qué tipo de servicios tienes en mente? ¿Qué estás dispuesta a ofrecerme?

–¡Eso jamás! –exclamó Sadie, interpretando acertadamente la sombría insinuación de Nikos–. Si de verdad crees que me vendería así... ¡Antes prefiero morirme!

–Hace unos minutos me has dado una impresión muy distinta –dijo Nikos con una exagerada suavidad que actuó como un afilado cuchillo clavándose en el pecho de Sadie–. Antes no callabas con tus «Oh, Nikos... Sí, Nikos».

–Y se ve que te lo has creído.

Las palabras escaparon de la boca de Sadie antes de que le diera tiempo a darse cuenta de que se volverían contra sí misma. No podía seguir aguantando los insultos y el desprecio que destilaban los comentarios de Nikos.

–Creías que te bastaría con besarme y acariciarme para hacer de mí lo que quisieras.

–Y eso es precisamente lo que ha sucedido.

–Lo que te he hecho creer que pasaba. Me ha resultado muy fácil engañarte.

Al ver la forma en que Nikos fruncía el ceño súbitamente, y su expresión sombría y amenazadora,

Sadie sintió pánico. Suavizando levemente su tono sarcástico, añadió con una sonrisa irónica:

–Quizá necesites un intérprete.

–Te aseguro que no –dijo él con la frialdad de un témpano–. Pero si crees que eso es lo que ha pasado, me temo que eres tú quien necesita a un traductor.

–¿Ah sí?

–Sí. Si crees que basta una mirada de esos increíbles ojos verdes o que balancees tu sexy trasero delante de mí para conquistarme, es que no me conoces en absoluto.

–A mí me ha parecido...

Nikos cortó a Sadie con un gesto de la mano.

–Ya me dejé engañar en una ocasión y no tengo la menor intención de cometer el mismo error.

–¡Y llevas todos estos años haciéndonos pagar por ello!

Sadie tenía la sensación de haberse subido a una peligrosa montaña rusa y lo peor era que sólo podía culparse a sí misma por haber insinuado que había fingido.

¡Como si Nikos fuera manipulable! Por más que se odiara por ello, era ella quien se derretía en sus brazos. Un beso, una caricia suya bastaban para hacerle perder el control y sumergirla en un ardiente mundo de sensaciones y de deseo. Al menos tenía el suficiente sentido común para no dar importancia a los comentarios que Nikos había dejado caer como de pasada: «increíbles ojos verdes», «sexy trasero», porque no significaban nada y probablemente se los dedicaba a cualquier mujer con la que estuviera, limitándose a cambiar el color de los ojos.

–Has tenido cinco años para vengarte ¿No has hecho ya bastante daño? ¿No has tenido bastante?

–Si quieres saber la verdad, la respuesta es que «no».

Se expresó con frialdad y con la misma dureza que reflejaba su rostro. Y cuando Sadie lo miró no encontró el menor rastro de calidez o humanidad en sus ojos, que la contemplaban con fría indiferencia, con una aterradora falta de expresividad.

–¿Qué más quieres? No nos queda nada. Mi padre está muerto. Su fortuna, su empresa, son tuyas. ¿No te basta?

–No.

Los ojos de Nikos centellearon brevemente al escrutar el rostro de Sadie antes de apartar la mirada como si quisiera borrar su imagen.

–Creía que lo era, pero me he dado cuenta de que no me da la satisfacción que esperaba conseguir. Tengo que encontrar otra manera de lograrla.

Y fue entonces cuando Sadie, con una profunda desesperación, se dio cuenta de lo que estaba pasando. Nikos Konstantos siempre había querido vengarse de que Edwin hubiera arruinado a su familia y a ello había dedicado los últimos cinco años de su vida. Se había hecho dueño del nombre Carteret y de sus negocios para arrastrarlos por el barro, arrebatándoles todo aquello que poseían. En su obsesión por acabar con ellos, incluso estaba decidido a quitarles la casa familiar. Y ella había actuado de la peor manera posible, cometiendo el mayor error imaginable al acudir a suplicarle que no lo hiciera. Porque con ello le había entregado en mano el arma con la que mejor podía atacar al miembro de la familia que más odiaba y al que tenía más motivos para odiar; la persona a la que todavía no había pisoteado a la vez que reía a carcajadas borracho de triunfo.

Hasta ese momento no se había vengado de Sadie directamente, así que no se trataba de la casa ni del pasado de las dos familias, sino del de ellos dos. Sólo así satisfaría su deseo de venganza. Sadie era su objetivo y no cejaría hasta acabar con ella.

–Y para ello has decidido dejar a mi familia sin hogar. ¿Cómo puedes cargar con algo así en tu conciencia?

–Sin ninguna dificultad –dijo Nikos, encogiéndose de hombros con total indiferencia–. Igual que tú y tu padre pudisteis seguir con vuestras vidas después de destrozar la mía y la de mi familia.

–¿Y crees que eso te hace moralmente superior? Si no me equivoco, por aquel entonces se te daba muy bien jugar a las estrategias.

–No eran estrategias, Sadie.

Nikos sacudió la cabeza con lo que, de no conocerlo como lo conocía, Sadie habría interpretado como pesadumbre. Pero estaba segura de que en el fondo, estaba disfrutando de someterla a aquel tormento.

–Te aseguro que no se trataba de ningún juego. Actuaba con total seriedad.

–Sí, para perpetuar las viejas disputas familiares. Y ya ves lo que pasó: estuviste a punto de acabar con tu familia.

–A punto –dijo Nikos enfáticamente–. Pero no la arruiné, y ahora las tornas han cambiado.

–No hace falta que me lo recuerdes –masculló Sadie, beligerante, mientras se preguntaba cómo reaccionaría Nikos si le dijera que había sido su actuación la que había evitado su total ruina.

Suponía que no la creería. Estaba tan cegado por el odio que ni siquiera la escucharía.

–Así que ha llegado la hora del jaque mate –continuó–. Pues has de saber que no puedo marcharme sin convencerte de que nos dejes quedarnos en Thorn Trees...

–No insistas –la cortó Nikos, inflexible.

–¿Qué más puedo hacer para convencerte?

Nikos se encogió de hombros, manifestando de nuevo su total indiferencia.

–Has dicho que estabas dispuesta a hacer lo que fuera con tal de conseguir lo que venías buscando –dijo, articulando cada palabra cuidadosamente–. Puede que tengas más suerte si vuelcas tus encantos en alguien que te conozca menos que yo, o...

–¿Mis encantos...? –exclamó Sadie, indignada–. ¿Cómo te atreves a...?

Nikos ignoró su airada reacción.

–Búscate otro hombre rico y suplícale que te dé la oportunidad de ganarte el precio de la casa. Puede que la oferta no le resulte repulsiva... si es que sus estándares no son tan altos como los míos.

Sadie apretó los dientes para no responder a la provocación de Nikos al usar la palabra «ganar» y reprimió el impulso de borrarle de un bofetón la cínica sonrisa de los labios. Porque a pesar de que estaba segura de que le proporcionaría una satisfacción momentánea, también sabía que no podía arriesgarse a enfurecer a Nikos.

–Si lo consiguiera, estoy segura de que subirías el precio.

Nikos le dedicó una sonrisa diabólica.

–Qué bien me entiendes, *glikia mou*. Y puesto que me conoces tan bien, sabrás que una vez he tomado una decisión, nada me hace cambiar de opinión –y Sadie supo que intentar convencerlo sería como golpearse la cabeza contra un muro–. Así que puesto que te he dedicado el doble del tiempo que te había asignado, te suplico que te marches –Nikos fue hacia la puerta y la abrió con gesto de impaciencia al tiempo que añadía–: Estoy seguro de que los dos preferimos evitar el escándalo de que tener que llamar a seguridad.

Sadie supo que habían llegado a un callejón sin salida y que no tenía nada que hacer. Había fracasado y lo único que podía hacer era aceptar su derrota con dignidad. Pero la idea de volver a casa y darle la noticia a su madre...

Alzó la cabeza, se irguió y fue hacia la puerta decidida a no dar la menor muestra de debilidad y a no decir ni una sola palabra más. Pero al pasar junto a Nikos su mirada fue atraída hacia su perfecto rostro y al encontrarse sus miradas, no pudo evitar decir:

–¿No hay nada que pueda hacer para...? –y supo que se había equivocado al ver ensombrecerse el rostro de Nikos al tiempo que éste entornaba los ojos como si quisiera borrarla de su vista.

–Sí –dijo fríamente–. Puedes ir a casa y hacer las maletas. Espero que os hayáis ido para el fin de semana.

Fue su último golpe, pero dolió lo bastante como para que Sadie recuperara el orgullo.

–Lo haré –replicó, ocultando la espantosa sensación de pérdida que la embargaba.

–Te lo agradezco.

Salió al corredor, que recorrió hacia el ascensor mirando fijamente al frente.

Viéndola marchar. Nikos pensó que se lo había tomado mejor de lo que hubiera esperado. Por un instante, tuvo la convicción de que estaba dispuesta a demostrarle hasta qué punto estaba dispuesta a hacer cualquier cosa para conseguir lo que quería, que daría media vuelta y volvería para intentar seducirlo.

¿Y qué habría sucedido de haber llegado a hacer eso? La forma en que se le aceleró el corazón y se le tensó el cuerpo le sirvió de respuesta.

¡Gamoto! ¿De verdad iba a dejarle desaparecer de su vida tal y como había hecho cinco años atrás? Al recordar que todavía tenía el sabor de su boca en sus labios y de que seguía excitado tras un simple beso, supo que la respuesta sólo podía ser que no. Durante cinco años había intentado olvidarla, y menos de media hora había bastado para hacerle comprender por qué no lo había conseguido.

Todavía la deseaba.

La deseaba con toda su alma como no había deseado a ninguna otra mujer en su vida. Y ni siquiera la crueldad con la que lo había tratado, ni que le mandara un correo electrónico para decirle que cancelaba la boda menos de veinticuatro horas antes del enlace, ni la frialdad con la que lo había rechazado desde lo alto de la escalera sin molestarse en verlo en persona, podían borrar el anhelo que despertaba en él. Mientras la observaba alejarse y contemplaba su brillante melena y el suave balanceo de sus caderas, se dio cuenta de que estaba reconsiderando la posibilidad de pedirle que volviera para negociar con ella.

«Has tenido cinco años para vengarte ¿No has hecho ya bastante daño? ¿No has tenido bastante?» El eco de aquellas palabras se repitió en su cabeza hasta que una respuesta brotó espontáneamente: «Creía que sí, pero acabo de darme cuenta de que no. Tengo que encontrar la manera de conseguirlo».

Al morir Edwin Carteret había dado su venganza contra su odiada familia por concluida. Le había quitado todas sus posesiones y lo había arruinado mientras él multiplicaba su fortuna. Había creído que con ello daba su venganza por cumplida, pero al encontrarse con su enemigo en la seductora forma de Sadie Carteret, acababa de darse cuenta de que estaba equivocado. Por fin podía definir la vaga sensación de insatisfacción e inquietud que lo dominaba en los últimos meses. Hasta entonces había estado demasiado atareado haciéndose rico para llegar a la posición que ocupaba. Pero nada sería suficiente si no daba respuesta a la mayor ofensa que había recibido de los Carteret, o al menos de un miembro concreto de la familia.

El duelo familiar se convertiría así en uno personal entre la atractiva y manipuladora Sadie Carteret y él.

Y Sadie acababa de proporcionarle el arma con la que ejecutar su venganza al decirle que haría lo que fuera para conseguir Thorn Trees. La pondría a prueba para que lo demostrara. Y si las cosas salían tal y como él intuía, Sadie podría quedarse con su maldita casa, y él olvidaría su obsesión por ella... de la manera más agradable posible.

Estaba a punto de llamarla cuando se dio cuenta de que sería mucho más eficaz mandarle una nota en el ascensor ejecutivo para que le fuera entregada cuando llegara al vestíbulo.

Cerró la puerta del despacho de una patada y fue hasta su escritorio en busca de papel y bolígrafo.

Las lágrimas le nublaron la visión del largo pasillo que tenía por delante, pero Sadie se negó a volver la cabeza a pesar de que pasó una eternidad hasta que oyera cerrarse la puerta del despacho de Nikos. Finalmente llegó al ascensor y sólo cuando estuvo dentro de él, se apoyó, exangüe, contra la pared y dejó la cabeza caer sobre el pecho. Sólo después de unos segundos pudo apretar el botón de bajada.

Había hecho todo lo que estaba en sus manos y había fracasado. Nada podía apartar a Nikos del brutal odio que llevaba alimentando todos aquellos años. Nada lo convertiría en el hombre que había sido en el pasado. En el hombre que le había robado el corazón y con el que había querido casarse.

Con una brusca sacudida, Sadie alzó la cabeza y se obligó a enfrentarse a la realidad. Tenía que dejar de engañarse. El Nikos que ella había amado nunca había existido; no era más que un personaje ficticio que la había manipulado hasta conseguir lo que quería. Si su padre no la hubiera protegido el resultado habría sido catastrófico. Y ya había sido lo bastante malo.

El ascensor se detuvo y las puertas se abrieron. Sadie se puso en marcha con un creciente deseo de huir y liberarse de la atmósfera de odio que la rodeaba.

Cuando cruzaba el vestíbulo, oyó que le llegaba un mensaje al móvil. Sabía de quién era y estuvo tentada de no leerlo, pero decidió no actuar con tanta cobardía. Tenía que asumir su fracaso y comunicárselo a su familia. Suspirando profundamente, apretó el botón para visualizarlo: *¿Qué tal te ha ido?*, preguntaba su madre. *¿Tienes buenas noticias? ¿Podemos quedarnos?*

Sadie se quedó paralizada en medio del vestíbulo,

mirando la pantalla hasta que se apagó la luz. ¿Qué podía hacer? ¿Cómo podía amortiguar el golpe?

–¿Señorita Carteret? –Sadie tardó unos segundos en darse cuenta de que la recepcionista estaba a su lado–. ¿Señorita Carteret? Tengo un mensaje para usted.

Sadie la miró desconcertada.

–¿Un mensaje? ¿De quién? –no necesitó que le respondiera para saber que sólo podía ser de Nikos. Lo tomó con manos temblorosas–. Gracias.

Ni siquiera notó que la recepcionista se alejaba. Nikos había dicho con tal vehemencia que no tenía nada que hacer que no comprendía qué podía contener aquella nota. Abrió el sobre torpemente, enfocando la mirada con dificultad.

La nota no contenía ni encabezamiento ni firma, pero la caligrafía de Nikos era inconfundible. Sólo contenía una frase: *Cambrelli's 8:00. Acude.*

Acude. No era una sugerencia, sino una orden. Y elegía Cambrelli's, el pequeño restaurante italiano al que la había llevado en su primera cita... ¿Cómo podía ser tan cruel? ¿Qué poder creía poseer para asumir que sus órdenes serían cumplidas? Sadie estaba a punto de arrugar la nota y tirarla cuando tuvo un brote de lucidez. Aquella nota era de Nikos Konstantos, el hombre que podía cambiar el destino de su familia.

Había jurado no ayudarla y le había recordado que jamás cambiaba de opinión. Y sin embargo... Sadie alisó la nota y la releyó: *Cambrelli's 8:00. Acude.*

Aunque no comprendiera el significado, era evidente que Nikos le lanzaba un salvavidas, y habría sido una estúpida si no se asiera a él.

La recepcionista seguía a unos pasos de ella, como si esperara una respuesta a la nota. Sadie bajó la mirada hacia el teléfono y leyó una vez más el mensaje de su madre. Luego tomó aire y dijo:

–Dígale al señor Konstantos que no faltaré.

Capítulo 4

CAMBRELLI'S apenas había cambiado en los últimos cinco años, aunque quizá estaba algo más luminoso y limpio.

Había las mismas mesas y sillas de madera oscura, algunos apartados con sillas forradas en falso cuero rojo, los mismos manteles de cuadros rojos y blancos, las mismas velas encajadas en botellas de vino vacías por cuyos laterales se deslizaba la cera derretida. Sadie creyó incluso reconocer los mimos pósters desvaídos del Coliseo de Roma y de la plaza de San Marcos.

Tuvo la sensación de viajar en el tiempo y en parte, mientras seguía al camarero que la acompañaba a uno de los apartados del fondo de la sala, deseó que así fuera. Habría dado cualquier cosa por llegar con veinte años, seguir en la universidad, y estar tan emocionada y excitada que se sintiera flotar sobre el suelo al aproximarse a su primera cita con el hombre más fascinante que había conocido en su vida, convencida de que iba a ser una noche maravillosa.

Como resultó ser. Aquella noche y los meses que la siguieron fueron gloriosos. Pero si Sadie hubiera podido hablar con aquella joven, la habría sacudido por los hombros para hacerle reaccionar y darse cuenta de que no todo era un cuento de hadas. ¿Por qué nadie lo había hecho por ella? ¿Cómo era posible que no le aconsejaran no confiar en Nikos ni creer nada de lo que le dijera? Habría sido más fácil superar la decepción entonces, antes de que el romance entrara en su plenitud, antes de que se enamorara de los pies a la cabeza para luego sufrir un dolor proporcional al éxtasis que había experimentado.

Pero debía admitir que no habría estado dispuesta a escuchar a nadie que hubiera tratado de convencerla de que Nikos no era lo que parecía. Tenía veinte años, era demasiado ingenua y estaba locamente enamorada, y probablemente habría preferido acabar con el corazón roto a perderse aquella mágica noche.

Nunca creyó que duraría más que eso. Creía que sólo tendrían una cita y una noche. Al final de la velada pensó que Nikos la acompañaría a casa, se despediría y todo se habría acabado. Así que se volvió loca de alegría cuando Nikos le dijo que quería volver a verla.

–Buenas noches, Sadie.

Sadie estaba tan ensimismada en sus propios pensamientos que no se había dado cuenta de que había llegado al apartado en el que Nikos la esperaba y que éste se había puesto en pie para recibirla.

No se trataba del hombre de negocios vestido con un traje de corte inmaculado con el que había estado horas atrás, si no de un Nikos mucho más próximo y devastador, con una camisa negra y unos vaqueros gastados del mismo color que se ajustaban a su delgada cintura con un cintura con una gran hebilla. Sadie intentó buscar un significado a su cambio de imagen en la misma medida en que ella había tardado en decidirse por unos pantalones elegantes negros con una camisa roja para no resultar ni demasiado elegante ni demasiado informal. Pero quizá Nikos no pretendía enviar ningún mensaje.

–¿No quieres sentarte?

Sadie se dio cuenta de que se había quedado parada y muda, mirándolo sin verlo.

–Gracias –dijo precipitadamente.

Al sentarse frente a él recordó que le habían contado que los hombres griegos siempre se sentaban de espaldas a la sala para prestar atención exclusivamente a sus acompañantes. Nikos parecía cumplir la regla y clavaba sus ojos color bronce en ella con una intensidad que a Sadie le puso la carne de gallina.

–Así que has venido –comentó Nikos cuando el camarero les dejó la carta.

–Sabías que lo haría. O venía o me quedaba en casa haciendo las maletas, tal y como me has ordenado.

–No ha sido una orden, sino el paso lógico de acuerdo al devenir de los acontecimientos –le corrigió Nikos con una aparente dulzura que le ganó una mirada de desconfianza de Sadie ante la dudosa sinceridad de su actitud conciliadora.

Lo conocía demasiado bien como para esperar que estuviera allí para hacer las paces. ¿Por qué iba hacerlo si tenía todos los ases?

–¿Y también vas a negar que me has ordenado que viniera aquí esta noche?

–Ha sido una invitación. ¿Qué te apetece tomar?

Nada. Sadie dudaba de que pudiera probar bocado.

–¿De verdad me has citado para cenar?

Nikos alzó la mirada de la carta arqueando las cejas con fingida sorpresa.

–¿Por qué si no íbamos a encontrarnos en un restaurante?

Porque quería demostrar que tenía tal poder sobre ella que conseguiría que hiciera cualquier cosa que le ordenara. Y porque citándola en aquel restaurante en concreto, pretendía dejar patente la diferencia entre las circunstancias del pasado y las del presente.

–¿Y por qué me has citado aquí y no en cualquier otro sitio?

–Porque sé que te gusta.

Sadie podría haber sido engañada por la inocencia que había imprimido a su voz y a su mirada de no haber sabido tan bien como sabía que Nikos Konstantos no hacía nunca nada sin haber sopesado antes los beneficios que podía obtener de ello.

–Solía gustarme –dijo ella con premeditada indiferencia–. Ahora tengo otros gustos.

–Yo también –dijo él.

¿Qué quería decir con eso? ¿También él recordaba su primer encuentro? Por aquel entonces lo único que ella sabía de Nikos era que se trataba del hombre más guapo que había conocido. Ni siquiera estaba segura de si habría obrado con más cautela, o si incluso habría decidido dejar de verlo, de haber sabido quién era.

En perspectiva, de haber hecho eso, todo habría sido mucho más sencillo y ella nunca se habría visto involucrada en las estratagemas de Nikos y de su padre. Nunca se habría convertido en un peón en la batalla entre ellos dos, en un arma que ellos podían utilizar para herir a su adversario.

–Tengo entendido que los calamares son muy buenos. A no ser que prefieras...

–Lo que preferiría... –le cortó Sadie, irritada con

sigo misma por mirar la carta y recordar con dolorosa nitidez el delicioso sabor de aquel plato, que había probado allí por primera vez–. Lo que preferiría es que me dijeras por qué estoy aquí y qué quieres de mí.

–¿No quieres antes un poco de vino? –replicó Nikos, imperturbable, al tiempo que hacía una señal para llamar al camarero.

Sintiéndose acorralada y no pudiendo seguir hablando mientras el camarero estuviera presente, Sadie volvió a mirar la carta y eligió un plato de pasta al azar mientras esperaba con impaciencia a volver a estar a solas con Nikos para que éste le diera algún tipo de explicación.

–No me creo que me hayas invitado simplemente a cenar –dijo en cuanto el camarero se fue.

–Tienes razón.

Nikos dejó la carta a un lado y cruzó las manos sobre la mesa. Con el movimiento, Sadie vio un destello en uno de sus dedos y por un instante se le encogió el corazón al creer que se trataba de una alianza. Sólo entonces se dio cuenta de que ni siquiera sabía si estaba casado o si había una mujer en su vida.

Desde el exterior les llegó el rumor de un trueno anunciando la llegada de una tormenta, pero Sadie estaba demasiado concentrada en los largos y bronceados dedos de Nikos como para prestar atención a la lluvia. Comprobar que lo que había visto no era una alianza si no un sello le hizo exhalar un suspiro de alivio, a pesar de que hasta ese momento no había sido consciente de haber estado conteniendo la respiración.

–No te he invitado sólo para pasar un rato, sino para ofrecerte un trabajo.

–¿Un trabajo?

El camarero volvió con el vino y los interrumpió una vez más. ¿Leyó Nikos la etiqueta con especial detenimiento y lo probó con una irritante lentitud, o eran impresiones producto de la impaciencia que Sadie sentía? Lo cierto fue que ésta habría querido gritar, pero se contuvo y se mordió el labio inferior mientras observaba la escena. Finalmente, Nikos asintió su aprobación e indicó al camarero que le sirviera una copa a la señora.

–No, gracias –dijo Sadie, posando la mano sobre la copa. Necesitaba tener la cabeza lo más despejada posible.

Al contrario de lo que esperaba, Nikos no insistió, pero una vez más bebió parsimoniosamente, hasta que Sadie no pudo contenerse por más tiempo.

–¿Qué tipo de trabajo? ¿Por qué ibas a querer emplearme? ¿Y qué te hace pensar que estaría dispuesta a trabajar para ti?

–Que me lo has dicho tú misma –dijo Nikos con frialdad, dando otro trago al vino.

–¡Yo no te he dicho nada de eso!

–Claro que sí.

Al ver que Sadie lo miraba desconcertada, él sacudió la cabeza con incredulidad.

–¡Qué desmemoriada eres, Sadie! ¿Qué me dices de tu oferta de hacer cualquier cosa para conseguir la casa? –dijo, poniendo énfasis en «cualquier».

Al recordar la escena y la interpretación que había dado Nikos a sus palabras, Sadie se arrepintió de haber rechazado el vino. Quizá si hubiera bebido no sentiría aquella punzada en el pecho y su corazón no se habría acelerado. Se creía capaz de casi todo con tal de conseguir que la casa siguiera en manos de su madre, pero no confiaba en la oferta de Nikos.

–¿Qué es exactamente lo que quieres de mí? –preguntó con voz quebradiza. Y otro trueno, más cercano que el último, pareció querer subrayar sus palabras

Nikos se tomó su tiempo antes de responder, comportándose como si estuviera reflexionando cuando Sadie tenía la seguridad de que sabía exactamente qué iba a decir. De hecho, se sentía como una marioneta en sus manos, que él manejaba tirando de las cuerdas con una cruel maestría.

–Enseguida hablamos de eso –dijo con aplomo–. Pero antes quiero saber por qué estás tan ansiosa por quedarte con la casa.

–¿No te parece evidente? –dijo ella en tensión, queriendo evitar a toda costa exponer la historia de su madre ante un hombre incapaz de sentir compasión.

–Hasta cierto punto... Una mujer joven, sin dinero y un negocio de organización de bodas en crisis... –dijo él, sarcástico. Al ver la cara de sorpresa de Sadie, sonrió–: Suelo mantenerme bien informado sobre aquéllos con quienes me he relacionado en el pasado.

¿Qué significaba eso? ¿Qué más sabría? La idea de haber estado siendo vigilada sin saberlo hizo estremecer a Sadie.

La sonrisa de Nikos adquirió un carácter felino que el reflejo de las velas acentuó.

–Siempre me ha parecido una ironía que alguien que canceló su boda el día anterior a que se celebrara, se gane la vida organizando «el gran día» de otras mujeres –Nikos hizo una mueca de desagrado con sus sensuales labios–. Aunque no puedo negar que siempre pensé que tenías mucho gusto. Sobre todo si pagaban otros.

–De alguna manera tenía que ganarme la vida –consiguió decir Sadie a pesar de que sus labios se tensaban en un rictus–. Y al menos así ponía en práctica un curso que hice de diseño.

El curso que su padre le había pagado como premio por obedecerlo, a pesar de que, en su opinión, no lo necesitaría porque en cuanto se librara de sus oponentes, que era como solía describir la operación contra los Konstantos, ella se convertiría en un gran partido y no tendría por qué trabajar el resto de su vida.

Pero Sadie había decidido que tenía que hacer algo. El ambiente en su casa, entre sus padres, era irrespirable. Y por otro lado, lo último que le pasaba por la mente era esperar a otro pretendiente cuyo único interés en ella fuera el dinero que heredaría a la muerte de su padre.

Ya había pasado por esa experiencia en una ocasión y no pensaba repetirla.

–Y era algo que podía hacer desde casa.

Nikos asintió lentamente al tiempo que hacía girar la copa entre los dedos.

–Claro. Supongo que Thorn Trees te proporciona una dirección de prestigio para atraer a las novias de la alta sociedad.

–¡Ésa no es la razón de que quiera conservar la casa!

Nikos arqueó una ceja con escepticismo.

–Entonces, ¿qué interés tienes en vivir en una enorme casa en Londres con siete dormitorios y una piscina cubierta por el mínimo coste? ¿Piensas dormir cada noche en un dormitorio?

–¡No seas ridículo! Además, no viviría en ella yo sola.

Por cómo se endureció su mirada y la manera en que se irguió, Sadie supo que las averiguaciones que Nikos había hecho no incluían información sobre su madre, y se alegró de que al menos su padre hubiera dejado ese problema resuelto antes de morir.

Pero el camarero volvió con sus platos, y Nikos tuvo que esperar, con evidente impaciencia, antes de hacer más preguntas.

–¿Quién? –preguntó a bocajarro en cuanto se quedaron a solas.

Y en aquella ocasión fue Sadie quien se permitió retrasar la respuesta para provocarlo.

–¿Quién? –preguntó él de nuevo, entre dientes.

–No es lo que piensas, así que puedes quitarte esa idea de la cabeza. ¿De verdad me crees capaz de pedirte que financies mi vida amorosa?

Nikos pensó que no le parecía algo tan descabellado. Después de todo, sabía que a Sadie le gustaba la buena vida siempre que alguien pagara por ella. La facilidad con la que lo había abandonado cuando su familia se quedó en la ruina lo demostraba. Aparte de haber sido capaz de distraerlo deliberadamente mientras su padre actuaba en la sombra, planeando una OPA hostil, buscando la manera de derrumbar el imperio Konstantos. Sadie había estado incluso dispuesta a sacrificar su virginidad para no poner en riesgo el éxito del diabólico plan.

Un rayo iluminó la ventana, y le siguió un trueno que volvió a subrayar el dramatismo del momento.

–Te creo capaz de cualquier cosa.

–Para tu información te diré que comparto la casa con mi madre y con mi hermano pequeño.

Aquella información golpeó a Nikos con tal fuerza que se echó hacia atrás y la miró inquisitivamente, tratando de decidir si decía la verdad o mentía.

–Tú no tienes hermanos.

Sadie lo miró con fingida inocencia que contrastó con su barbilla alzada en un gesto arrogante.

–Eso demuestra que tu red de espionaje no es tan buena como creías. Pues para que lo sepas, tengo un hermano, que se llama George, y que nació hace..., algo menos de cinco años.

Cinco años. ¿Por qué todos los acontecimientos que habían cambiado su vida parecían haber sucedido cinco años atrás? Así que la madre de Sadie estaba embarazada por la fecha que ellos planeaban su boda. Y George debía haber nacido en la vorágine de acción y reacción que había sucedido al intento de su padre de acabar con la casa Konstantos. Meses en lo que él se había tenido que concentrar en evitar el colapso para salvar a su propio padre, y en los que había tenido la seguridad de que si perdía de vista su objetivo por un solo instante, se vería abocado al desastre por tercera vez... y en aquella ocasión sin la menor probabilidad de poder recuperar su vida.

Pero que Sadie tuviera un hermano puso su obsesión por conservar su casa bajo una nueva perspectiva. Se trataba de un niño tan pequeño que no podía haber estado implicado en ninguna de las estratagemas ideadas por los Carteret contra su familia.

–Ya veo –dijo en tono siniestro–. Por eso no sabía nada de él. Y dime...

–No –sintiendo una absurda satisfacción por la pequeña victoria que acababa de conseguir al sorprender a Nikos, Sadie hizo un ademán con la mano para pedirle silencio al tiempo que con la otra, enrollaba unos espagueti en el tenedor–. Ahora me toca a mí –no estaba dispuesta dejar que Nikos monopolizara la conversación y la tratara como si fuera el fiscal general en un juicio por fraude–. Yo también quiero hacer algunas preguntas.

Que Nikos inclinara la cabeza como si se sometiera, le dio otra inyección de confianza.

–¿Qué tipo de preguntas? –dijo él.

–La primera, es evidente. Me has dicho que querías ofrecerme un trabajo. ¿Qué podría hacer por ti una organizadora de bodas? –preguntó ella, llevándose el tenedor a la boca.

–Es una pregunta que se contesta por sí misma –dijo Nikos–: Organizar mi boda, por supuesto.

El impacto de la respuesta la golpeó al tiempo que tragaba y se daba cuenta de que, por error, había pedido la pasta con una salsa picante. Y Sadie odiaba las guindillas.

–¿Tu boda? –preguntó, atragantándose y sintiendo que la boca le quemaba y que los ojos le ardían.

–Toma –Nikos le dio un vaso de agua y la observó mientras ella lo bebía con avidez–. Odias la comida picante, y especialmente las guindillas –dijo cuando Sadie dejó el vaso sobre la mesa.

Sadie se preguntó si Nikos recordaría cada detalle sobre ella y la idea le resultó inquietante.

–¿Por qué has pedido algo que no te gusta? –preguntó él.

–Puede que haya cambiado.

–Se ve que no tanto –dijo Nikos con sorna, cargando sus palabras de la insinuación de que no se refería sólo al picante–. ¿Quieres pedir otra cosa?

–No, gracias.

Sadie había perdido el apetito, pero al menos gracias al picante había podido ocultar que su reacción se debía a lo que él le había dicho. El corazón seguía latiéndole desbocado y su mente saltaba de un pensamiento a otro sin que quisiera pararse a analizar ninguno, especialmente en presencia de Nikos.

–¿Quieres decir que vas a casarte? –preguntó finalmente.

Nikos asintió con la cabeza.

–¿Con quién?

–Prefiero no decirlo. Nunca se sabe si al lado hay un paparazzi, y prefiero que la prensa no se entere. Quiero proteger a mi prometida.

Con ella no había sido tan delicado, pensó Sadie con amargura. Entonces había proclamado su relación a los cuatro vientos, anunciando su compromiso y su boda. Hasta que ella se había sentido como un pez en una pecera sobre el que se proyectara un gran foco. Ello había contribuido a que, cuando estalló el escándalo de su ruptura, su vida se convirtiera en un circo para la prensa del corazón.

–¿Y no te fías de mí? –preguntó para distraerse de las vívidas imágenes que se sucedían en su mente.

–Te enterarás a su debido tiempo –Nikos también parecía haber perdido el apetito y fijaba toda su atención en ella–. Y cuando estemos en Grecia...

–¿Qué? –Sadie estaba segura de haber oído mal–. Espera, no puede ser. ¿Has dicho que voy a ir a Grecia?

–Por supuesto que sí –Nikos esbozaba una sonrisa triunfal–. Si no, ¿cómo piensas organizar la boda?

–¿Tu boda? –dijo Sadie con la voz quebrada.

Era imposible. ¿De verdad Nikos, el hombre con el que había estado a punto de casarse, esperaba que organizara su boda con otra mujer? No podía ser. Era demasiado cruel. Demasiado monstruoso.

Pero lo cierto era que Nikos no estaba haciendo preguntas, sino afirmaciones. No esperaba que pusiera reparos.

–No... –fue todo lo que pudo decir, bebiendo un sorbo de agua–. Lo siento, pero voy a tener que rechazar tu oferta. No puedo ir a Grecia.

–Me temo que no te queda otra opción –dijo Nikos–. No se trata de un trabajo que puedas rechazar. Al menos si lo que has dicho sobre Thorn Trees es verdad.

–Así que... –Sadie exhaló un profundo suspiro–. ¿Éste es el precio que tengo que pagar? Si organizo tu boda me dejarás...

–Dejaré que tu madre y tu hermano permanezcan en su casa. Por el momento –dijo él, dejando claro que lo hacía por ellos.

–¿Por qué has cambiado de opinión?

–Ni tu madre ni tu hermano estuvieron implicados en lo sucedido, así que con ellos estoy dispuesto a hacer algunas concesiones.

Lo que volvía a poner de manifiesto que todo lo demás era personal, entre ella y él. Y lo que Nikos le exigía era que organizara su boda para así demostrarle que la había olvidado y que había encontrado una sustituta.

Sadie volvió a arrepentirse de no tener vino en la

copa para beberla hasta la última gota o disimular su malestar haciéndola girar en la mano para distraer a Nikos de su rostro, que debía reflejar la angustia que sentía.

—Creo que harías mejor contratando a alguien que conozca las bodas griegas.

—No quiero que lo haga nadie más que tú.

—¿No crees que tu futura esposa debería tener la oportunidad de opinar?

—Ella lo ha dejado todo en mis manos.

—¿Ah, sí? ¿Has elegido a una mujer dulce e inocente que no se atreve a llevarte la contraria?

—¿Por contraste con la que hubiera tenido de haberme casado contigo? —Nikos sonrió con cinismo y bebió—. Nadie te habría descrito como dulce o inocente.

—Ni tú tenías la menor intención de casarte conmigo —replicó Sadie, airada.

Claro que había sido inocente. Y virgen. Pero había estado tan enamorada y tan segura de que se casaba con el hombre de sus sueños que le había entregado su virginidad convencida de que él también la amaba. Sólo más tarde había descubierto que la usaba para vengarse de su padre.

—Al contrario —dijo Nikos—. Te deseaba tanto que estaba como loco.

—Así que para ti no fui más que una enfermedad mental.

Sadie necesitaba recordarse lo cruel que Nikos había sido. Quizá la deseaba, pero sólo físicamente. Y ella se había entregado a él en cuerpo y alma.

Esa misma noche había descubierto la verdadera razón por la que Nikos quería casarse con ella.

–Claro que me volvías loco. ¿Piensas acabarte eso? –dijo él, indicando con la cabeza el plato de pasta.

–Ni hablar –dijo ella, estremeciéndose exageradamente.

Y la sonrisa que asomó a los labios de Nikos fue por primera vez cálida, divertida.

–Lo he sabido en cuanto lo has pedido.

–¿Y por qué no has dicho nada?

Nikos alzó las manos a modo de defensa.

–También me acuerdo de cómo te ponías cuando alguien intentaba decirte lo que debías hacer.

Sus miradas se cruzaron y por un instante los años parecieron retroceder hasta su primera cita, cuando eran dos desconocidos y tenían un futuro por delante.

La luz de la vela proyectaba sombras sobre el rostro de Nikos, resaltando arrugas que habían estado ausentes cinco años atrás, pero que, en lugar de afearlo, le dotaban de una irresistible fuerza masculina. Sus ojos eran dos pozos oscuros sobre el trazo firme de sus pómulos, y sus sensuales labios estaban enrojecidos por el vino. Incapaces de apartar la mirada el uno del otro, el restaurante pareció desaparecer a su alrededor, y Sadie sintió que dejaba de respirar y que se ahogaba en un mar de sensualidad. En el exterior, un rayo iluminó el cielo, pero Sadie permaneció inmóvil. Sólo el ruido del trueno la sacó de su parálisis.

–Nikos... –se oyó decir en un susurro.

Y cuando miró a su alrededor y pudo enfocar la mirada, se dio cuenta de que había tendido la mano hacia él sobre el mantel y que sus dedos casi se tocaban.

Al verlo pestañear y observar que todo rastro de

calidez desaparecía de su rostro y que sus ojos se transformaban en dos piedras mates y frías, supo que había cometido un error.

Nikos se irguió y se limpió los labios con la servilleta.

–Será mejor que nos marchemos. Has de hacer las maletas. Mañana salimos para Grecia.

Sadie salió de su trance y lo miró de hito en hito.

–¡Todavía no he accedido a ir!

–No tienes otra salida –dijo Nikos, ignorando su protesta y poniéndose en pie–. Tienes que decidirte, Sadie. O vienes conmigo a Grecia o haces las maletas para salir de tu casa con tu madre y tu hermano. ¿Qué prefieres?

Pensar en su madre y su hermano tuvo el efecto que Nikos había buscado. Tenía que pensar en el bienestar de su familia aunque fuese a costa de su propio bien.

–Está bien –susurró–. No tengo otra opción.

–Me temo que no –dijo Nikos. Y lo más perturbador fue que no dio ni la menor muestra de sentirse satisfecho.

Había planeado su estrategia cuidadosamente y había conseguido su objetivo. En ningún momento se había planteado la posibilidad de fracasar. Sabía el poder que tenía sobre ella, que bailaría al son de la música que él tocara.

Sadie no era más que una marioneta en sus manos.

Capítulo 5

VAMOS a aterrizar –la voz de Nikos sobresaltó a Sadie, que estaba concentrada en su
trabajo–. Tienes que apagar el ordenador.
¿Qué estás haciendo? –preguntó, al ver que mantenía la mirada fija en la pantalla.

–Buscar información sobre bodas griegas –dijo
ella, girando el ordenador para que Nikos viera la página que tenía abierta en aquel momento.

El trabajo le había servido de excusa para concentrarse en el motivo del viaje e ignorar la presencia de
Nikos, que ocupaba un asiento frente a ella. Pero lo
cierto era que trabajaba distraídamente, y que no dejaba de pensar en el pasado y de revivir los días en
los que ella y Nikos habían planeado su propia boda.

–Supongo que si me estás llevando a Grecia es
porque quieres una boda tradicional –al ver que Nikos se encogía de hombros con indiferencia, añadió–:
¿Le has dejado de decidir a la novia o has tomado tú
todas las decisiones?

Ese comentario le ganó una mirada inquisitiva de
Nikos, que pareció intentar adivinar qué estaba pensando. Un destello amenazador iluminó sus ojos.

–¿Insinúas que eso fue lo que pasó contigo? ¿Que
te dicté lo que debías hacer?

–No.

Nikos había insistido en que todo fuera del gusto de ella, le había cedido todas las decisiones. Pero Nikos había actuado así porque en realidad no tenía la menor intención de casarse. Durante todo el tiempo la había usado para distraer a su padre de su verdadero objetivo y asegurarse de que el plan que había trazado para arruinarlo llegara a buen puerto. Sadie sólo se dio cuenta de por qué había sido tan flexible y había estado tan dispuesto a celebrar una boda ortodoxa cuando descubrió la verdad.

—Claro que me dejaste decidirlo todo, porque para ti no tenía ningún significado.

—Estás muy equivocada —dijo Nikos con una sonrisa que la hizo estremecer.

—Bueno, sólo te importaba una cosa —dijo ella, airada—: Conseguir arrastrarme a tu cama.

—Y que yo recuerde no ofreciste ninguna resistencia. De hecho, fuiste tú quien me sedujo.

Sadie no fue capaz de negar la verdad. Durante toda su vida había creído que se conservaría virgen hasta el matrimonio, pero pocos días antes de la fecha de la boda con Nikos, perdió la cabeza, alquiló una cabaña, y lo citó allí para un apasionado fin de semana.

Lo que no había calculado fue que ese mismo fin de semana marcaría el inicio de la peor pesadilla de su vida.

Aquéllos eran los recuerdos que la habían asaltado mientras volaban hacia Grecia. El eco de la conversación que Nikos había sostenido creyendo que ella dormía; palabras que escuchó al despertarse y bajar descalza en su búsqueda; palabras que habían hecho añicos sus sueños y sus ilusiones.

«No te preocupes», dijo Nikos con una seca carcajada de amargura. «Hay más de una manera de atraparlo. Cuando haya puesto la alianza en el dedo de su preciada hija y la haga parte de la familia Konstantos, Carteret se rendirá».

–Eso era lo que quería por aquel entonces –dijo Sadie, imitando el encogimiento de hombros de indiferencia de Nikos.

Sin saber cómo, logró mantener un tono firme con el que ocultó la tristeza que los recuerdos del pasado despertaban en ella. Incluso consiguió esbozar una sonrisa de desdén hacia sí misma.

–Recuerda que por aquel entonces era joven e inocente. No tenía con quién compararte –añadió.

–Puede que joven sí, pero nunca has tenido nada de inocente –dijo Nikos con sorna–. Sabías perfectamente lo que hacías y usaste tu virginidad para conseguirlo.

–¡No es verdad!

–¿No? Entonces, ¿qué pasó? ¿Vas a decirme que estabas tan locamente enamorada de mí como fingías estar?

Sadie supo que estaba adentrándose en arenas movedizas. Si admitía la verdad, que lo adoraba, que lo había sido todo para ella, Nikos insistiría en saber por qué entonces había actuado de la manera que lo había hecho. Y todavía conservaba el suficiente orgullo como para no querer humillarse ante él diciéndole que sabía que sólo había sido un instrumento en su venganza.

Por otro lado, y mientras Nikos tuviera el control en sus manos, no le convenía provocarlo. Por algún motivo que desconocía, había decidido ser lo bastante generoso como para dejar que su madre y George permanecieran en Thorn Trees, pero le aterrorizaba que pudiera cambiar de opinión en cualquier momento. Sólo recordar la forma en que se había iluminado el rostro de su madre con la noticia, le bastaban para morderse la lengua.

–«Loca» es la palabra adecuada para describirme por aquel entonces –dijo con cautela–. Recuerda que eras un hombre muy atractivo, Nikos, y que yo estaba harta de ser virgen. Aun así, no te vanaglories de haber sido nada especial.

–Tranquila, ya lo sé –dijo él con expresión sombría y un tono tan hiriente que Sadie sintió que la atravesaba como un puñal–. Nunca lo he creído. Y ahora, ¿piensas apagar eso o no?

–Ah, lo siento –Sadie apagó el ordenador precipitadamente y lo metió torpemente en la funda.

Nikos se lo quitó de la mano.

–Yo te lo guardo –dijo.

–Pero... –Sadie fue a protestar, pero Nikos la calló con un gesto de la mano.

–El personal lo pondrá con el resto del equipaje. ¿Y tu teléfono? También debes apagarlo.

–Claro.

Al sacarlo del bolso, Sadie vio que tenía un nuevo mensaje.

–Es de mi madre, ¿puedo leerlo?

Nikos le dio permiso con otro gesto de impaciencia. Sadie pulsó los botones con dedos nerviosos. El mensaje era largo y tardó unos segundos en leerlo..., y en releerlo para asegurarse de que no se había equivocado.

–Sadie...

Nikos le tendía la mano con la palma abierta.

–Pero... –empezó ella sin apartar la mirada de la pantalla–. Mamá dice que le ha llegado una carta tuya en la que... –se giró para mirar a Nikos a los ojos–. ¿Es cierto que le has mandado una carta notificándole que puede quedarse en Thorn Trees?

Supo la respuesta al ver la rápida ojeada que Nikos lanzaba al teléfono antes de volverla a su rostro.

–Esta mañana le he dicho a mi abogado que lo hiciera.

–Pero, ¿por qué?

–Ya te lo dije. Ni tu madre ni tu hermano estuvieron implicados en lo que pasó, así que sería inhumano vengarme de ellos.

Sadie pensó con un escalofrío que eso significaba que su venganza estaba dirigida a otra persona.

–¿Y lo has hecho a cambio de que organice tu boda?

Los ojos de color bronce la observaron velados por una emoción que Sadie no supo interpretar, pero que la hizo estremecer.

–Nuestro acuerdo es que trabajes para mí. Mientras esté satisfecho con lo que hagas, tu madre y tu hermano podrán seguir en su casa sin ser perturbados. Por eso les he mandado una carta.

–¡Gracias!

Tras la angustia que había pasado el día anterior en el despacho de Nikos, la sensación de alivio que Sadie sintió fue tal que, impulsivamente, se inclinó hacia adelante y lo besó precipitadamente en la mejilla.

–¡Gracias! –exclamó de nuevo.

Pero al instante se quedó paralizada por el golpe

que recibieron sus sentidos en cuanto sus labios entraron en contacto con el rostro de Nikos, con el olor y el sabor de su piel, con la leve aspereza de la barba bajo la superficie. Todo ello le fue directo a la cabeza como una copa de un alcohol tan fuerte que todo empezó a dar vueltas a su alrededor como si el avión hubiera entrado en una zona de turbulencias y no supiera que estaba arriba o abajo, a izquierda o derecha.

Habría querido acurrucarse a su lado, pasarle los brazos y las piernas por encima para enredarse en él, acariciar el vello de su torso. Tuvo la tentación de girar levemente la cabeza para buscar con sus labios los de él, para unir sus bocas y deleitarse en el sabor de...

Aun antes de que sus pensamientos tomaran forma se dio cuenta del error que había cometido al notar la tensión que se apoderó de Nikos, la forma en que su rostro adquirió la frialdad de una máscara, hasta el punto de que Sadie sintió que había besado una estatua de mármol.

–¡No! –exclamó él bruscamente, al tiempo que apartaba la cabeza con tal violencia que Sadie perdió el equilibrio y tuvo que asirse a su brazo antes de soltarlo al instante al notar la reacción de repugnancia de Nikos.

–Lo siento –se disculpó precipitadamente.

Por unos segundos había olvidado que Nikos estaba prometido a otra mujer, y que su reacción de rechazo era lógica.

–Lo siento –repitió–. No ha sido más que un beso de agradecimiento, te lo prometo.

Pero sus disculpas no sirvieron de nada y Nikos mantuvo un gélido y despectivo silencio que la dejó paralizada.

—No volverá a suceder —añadió.

—Desde luego que no —dijo él con furia—. Puede que me engañaras en el pasado, pero no conseguirás nada con tus torpes intentos de seducción.

—¿Que yo te engañé? —dijo ella entonces con desdén—. Fui yo quien cayó en tu trampa, quien fue cazada. Jamás podría haberte atrapado porque nunca pensaste en serio en casarte conmigo. Tú sólo me querías para vengarte de mi padre.

—Te equivocas, claro que me habría casado contigo —dijo él, sacudiéndola como si le hubiera dado una bofetada—. Estaba tan obsesionado contigo que habría hecho lo que fuera por volver a tenerte en mi cama.

Sadie se dijo que se merecía aquella respuesta. ¿Había esperado que Nikos negara la acusación? ¿Había sido tan tonta como para creer que admitiría haberla amado alguna vez? Desde que su padre le había abierto los ojos, había sabido la verdad. Sin embargo todavía seguía hiriéndola y desgarrándole el corazón.

—Pero ya no —consiguió articular a duras penas.

—Desde luego que no —dijo él, sombrío.

—Es comprensible. Ahora tienes una prometida, un nuevo a...

Pero no pudo concluir. Sus labios no lograron formar la palabra «amor». La lengua se le hizo un nudo en la boca, asfixiándola.

—Haré lo que esté en mi mano para que tengáis una boda maravillosa —concluyó.

Sería su manera de agradecerle el respiro que había dado a su familia. Pensar en su madre la ayudó a recordar por qué estaba allí y le hizo sentirse mejor.

Aunque temía por el bienestar de su madre al haberse quedado sola por primera vez desde que la verdad sobre George había caído en la familia como una bomba, al menos por el momento estaba segura y lo único que podía hacer era rezar para que siguiera estándolo en el futuro.

—¿Cuándo me presentarás a tu prometida?

Era la primera vez que preparaba una boda sin conocer a la novia. Ni siquiera sabía cómo se llamaba.

—Tendrás la información que necesites en el momento oportuno.

En ese momento se encendió una luz sobre sus asientos indicando que se ataran los cinturones de seguridad. Nikos le tendió la mano con la palma hacia arriba.

—El teléfono —dijo con autoritaria impaciencia.

Sadie se lo entregó mecánicamente, pero inmediatamente se dio cuenta de que no tenía por qué dárselo. Fue a protestar, pero se dio cuenta de que era demasiado tarde al ver que Nikos se lo guardaba en el bolsillo.

—¡No puedes quitármelo! ¡Es mío! —exclamó.

La mirada que le dirigió Nikos le indicó que no tenía nada que hacer.

—Prefiero controlar tus comunicaciones con el exterior.

—¿Y cómo voy a hablar con mi madre?

Sadie sintió pánico al imaginarse cómo podía reaccionar su madre si no la tenía al otro lado de la línea para tranquilizarla. El frágil e improvisado sistema de apoyo que había organizado durante su ausencia sólo serviría si Sarah podía contactar con su hija siempre que lo necesitara.

–Podrás llamar a Thorn Trees una vez al día para ver cómo va todo.

–¡No es bastante!

–Tendrá que serlo, porque así van a ser las cosas.

–Pero mi madre... no se encuentra bien.

Sadie estuvo tentada de intentar recuperar el teléfono del bolsillo de Nikos, pero su instinto de supervivencia le hizo pensárselo dos veces. Estaba sola, en el avión de Nikos, a miles de metros de altitud. Si empezaba una pelea, tenía todas las de perder. Él podía llamar al personal y... ¡Qué estupidez! No necesitaría llamar a nadie. Él solo se bastaría para impedir cualquier intento de rebelión. Aun así, Sadie no estaba dispuesta a someterse tan fácilmente.

–¡No tienes derecho a...!

–Te equivocas. Yo pongo las reglas. Si estás aquí es porque yo quiero. Y te he traído para que hagas un trabajo.

–Un trabajo que no puedo hacer si no tengo un teléfono –Sadie desvió la mirada hacia el maletín del ordenador que Nikos sujetaba bajo el brazo y un escalofrío le recorrió la espalda. ¿Pretendía aislarla del mundo exterior para que estuviera bajo su total control?–. O sin mi ordenador.

–Toda la ayuda e información que necesites la obtendrás una vez estemos en mi villa. No tienes más que pedir.

–No puedo trabajar así.

–Trabajarás como yo te diga.

Nikos estaba dejándole claro que no debía olvidar quién tenía el poder y que se comportaría estúpidamente si lo olvidaba. Sadie tuvo que recordarse que no podía arriesgarse a que retirara el salvavidas que le había tendido al permitir que su madre permaneciera en el único lugar en el que se sentía a salvo, y que debía acceder a cualquier cosa que Nikos exigiera. ¡Pero que le robara el teléfono...!

–No quiero que los paparazzi se enteren –añadió Nikos, sorprendiéndola.

Ése era un argumento que Sadie podía comprender perfectamente. La prensa rosa se había convertido en una pesadilla durante su relación con Nikos. Se habían visto acosados y asediados, y ella había odiado las persecuciones, los empujones, las preguntas lanzadas al aire, los incesantes flashes de las cámaras. Y cuando todo acabó... Sadie se estremeció al recordar la angustia añadida de vivir su dolor bajo los focos.

Era comprensible que Nikos no quisiera que su prometida padeciera aquella tortura, pero también lo era que ella sintiera una punzada de celos.

–¡Sabes que puedes confiar en mí!

Nikos la miró con un escepticismo que indicaba lo contrario.

–Tienes razón –dijo–. Había olvidado que nuestra relación se basaba en la confianza.

Su tono de arrogante desdén hizo estremecer a Sadie. Ella había confiado en él con toda su alma. Le había entregado su corazón, su futuro. Pero él lo había hecho añicos y se lo había tirado a la cara.

–Esto no tiene que ver nosotros. Y yo jamás...

–No confío en nadie –dijo él fríamente–. Lo prefiero así. Y ahora, si no te importa, abróchate el cinturón.

–Debe de ser muy triste vivir así –replicó Sadie. Pero no le quedó más remedio que obedecer porque la luz de aviso seguía iluminada–. El caso es que ése es mi teléfono –añadió mientras buscaba el cinturón en los laterales del asiento–. Y paparazis o no, no tienes derecho a quitármelo.

Nikos se ató el cinturón sin molestarse en contestar. Furiosa e impotente al darse cuenta de que suplicar no le serviría de nada, Sadie miró por la ventanilla y pestañeó con fuerza para contener las lágrimas que amenazaban con asomar a sus ojos.

Habría querido hacer lo mismo con sus pensamientos y borrar la amarga bofetada de realidad que acababa de recibir. Porque aquel desagradable intercambio había dejado patente que para Nikos, ella ya no era nada, que estaba al otro lado de una valla tras la que situaba a aquello con lo que no quería relacionarse. De hecho, la consideraba tan ajena a él que ni debía pertenecer al círculo de sus enemigos, y esa noción hizo que Sadie sintiera un animal viscoso y frío recorrerle la espalda.

Por la ventanilla vio la tierra cada vez más cerca. Allí abajo estaba Grecia, el aeropuerto de Venizelos y la ciudad de Atenas. La última vez que había hecho aquel viaje, acababa de prometerse a Nikos y había contemplado el paisaje con la emoción de saber que pronto pisaría la tierra del hombre al que amaba.

Entonces había creído que iba a su nuevo hogar, que su vida comenzaba de nuevo, que dejaba atrás las tensiones y angustias que habían destrozado a su familia e iniciaba un futuro lleno de felicidad.

¡Qué distinta era aquella nueva visita, con aquella opresión en el pecho y temor a lo que pudiera esperarle! Además, estaba completamente sola, no tenía un solo aliado, nadie a quien recurrir si necesitaba ayuda.

Aunque pudiera comprender racionalmente que Nikos quisiera quitarle el teléfono y el ordenador, no conseguía librarse del temor a que hubiera una razón oculta que no llegaba a vislumbrar.

¿Cuáles eran los planes de Nikos? ¿Y por qué tenía la espantosa intuición de que había cometido un terrible error al acceder a realizar aquel viaje?

Capítulo 6

MAYO era el mejor mes para visitar Grecia, cuando todavía no se daban las asfixiantes temperaturas del verano. Sadie recordaba haber sentido ese calor en su anterior viaje. Pero entonces sólo habían permanecido dos noches en la capital, antes de desplazarse a la diminuta isla de Icaros, que había pertenecido por generaciones a los Konstantos. Y allí la brisa del amar suavizaba la temperatura y permitía disfrutar del clima.

Pero Icaros ya no pertenecía a la familia Konstantos y recordar el papel que su padre había jugado en que la perdieran perturbaba a Sadie.

–¿Qué tal te encuentras esta mañana?

La voz de Nikos la sobresaltó. Volviéndose, lo vio salir del salón a la terraza, donde ella había hecho un esfuerzo para probar el desayuno que había encontrado preparado en la mesa.

–¿Has dormido bien? –preguntó de nuevo Nikos.

–Eso depende de lo que para ti sea «dormir bien».

Nikos estaba espectacular con una camisa blanca y unos pantalones holgados beige. Estaba descalzo, sus bronceados pies contrastaban con el mármol blanco del suelo, y le hacían moverse tan sigilosa y elegantemente como un gato a punto de saltar sobre su presa.

–¿No te ha gustado tu dormitorio? –Nikos fue hasta la mesa y, tomando un racimo de uvas, se metió una en la boca.

–Mi dormitorio es perfecto. Como bien sabes, esta casa es preciosa.

Y una prueba patente del espectacular recorrido que habían hecho los Konstantos desde la ruina a lo más alto del mundo de las finanzas.

La villa había sido la primera sorpresa de muchas. Cuando Nikos la había llevado a Atenas la vez anterior, habían permanecido en su apartamento con vistas al Partenón. Y aunque era impresionante, no podía compararse con Villa Aganati, a la que habían llegado la tarde anterior. Construida en la falda de una colina, la enorme mansión ocupaba varios bancales que descendían por el acantilado hasta el mar. Desde el inferior, se accedía a la playa Schinas y al cristalino mar Egeo. Todos los dormitorios tenían balcones que daban al mar, pero ni siquiera el suave murmullo de las olas en la orilla había acunado a Sadie hasta dormirse. Muy al contrario, había pasado la noche en vela preguntándose si tendría la fuerza suficiente para superar los días que tenía por delante.

–Tiene todo lo que necesito –respondió Nikos en un tono de indiferencia que ocultaba mucho más de lo que expresaba.

–Sabías que no dormiría bien sin hablar con mi casa.

Sadie se acomodó de espaldas a la balaustrada, apoyando en ella los codos al tiempo que miraba a Nikos fijamente.

–Llamaste a Thorn Trees antes de cenar y todo iba bien –dijo él a modo de excusa.

–Pero sólo hablé cinco minutos.

Cinco minutos durante los cuales la puerta había permanecido abierta y Sadie no había podido abstraerse de la presencia de Nikos al otro lado, pendiente de cada una de sus palabras. Su madre se había mostrado entusiasmada por poder quedarse en Thorn Trees, pero no sabía que su felicidad podía ser meramente temporal. Su voz cantarina había angustiado aun más a Sadie al hacerla consciente de que sólo ella sabía que Nikos no actuaba llevado por la generosidad y que, confiscándole el teléfono y el ordenador para aislarla del mundo exterior, lo que pretendía era someterla a un cruel chantaje que duraría tanto como quisiera. Y entonces... ¿Y entonces?

Lo cierto era que no tenía ni idea de lo que sucedería una vez Nikos se casara y su misión en Grecia hubiera concluido. Ni siquiera estaba segura de si la prórroga que les había concedido en Thorn Trees duraría sólo el tiempo que trabajara para él.

–Te bastó para asegurarte de que tu madre estaba bien. Estás aquí para trabajar.

–¡Y cómo quieres que trabaje si no tengo el ordenador conmigo y si ni siquiera conozco a tu prometida!

–Mi prometida tardará unos días en venir, así que no puedes hablar con ella.

–Entonces, ¿cómo quieres que organice vuestra boda si no sé nada sobre sus gustos? –preguntó Sadie, que cada vez que pronunciaba aquella palabra relacionada con Nikos y otra mujer, sentía un cuchillo clavársele en el corazón.

–Tendrás que preguntarme a mí –Nikos tomó otra uva y la masticó parsimoniosamente. Sadie contem-

pló el movimiento de sus labios y de su garganta al
tragar como si estuviera hipnotizada–. Yo te diré
todo lo que necesites.

–¿Ah, sí? –preguntó ella, avergonzándose de que
se le quebrara la voz. Fue hasta la mesa y se sirvió
un vaso de zumo de naranja que bebió con avidez
para refrescarse la garganta–. El día de su boda es el
más importante en la vida de una mujer y debe ser
perfecto.

–Lo será –dijo Nikos con arrogancia al tiempo que
mordía otra uva y parte de su líquido se deslizaba por
la comisura de sus labios.

Sadie tuvo que bajar la mirada hacia su vaso para
dominar la instintiva reacción de presionar sus labios
sobre los de él, y saborear el dulzor de la uva combi-
nado con el personal y único sabor de Nikos.

Seguía asiendo el vaso con fuerza y poniendo coto
a sus pensamientos cuando Nikos añadió:

–Me ocuparé personalmente de que lo sea.

La frialdad de su tono aniquiló la reacción física
que había asaltado a Sadie, dejándola temblorosa e
inquieta por haber olvidado por un segundo la crueldad con la que Nikos la estaba tratando.

–¿Y crees que todo aquello que haces es perfecto,
que no puedes equivocarte?

–Tanto como perfecto, quizá no.

Nikos se sentó en una de las sillas, estiró las piernas y las cruzó a la altura de los tobillos en una actitud relajada que en lugar de tranquilizar a Sadie le
hizo pensar más que nunca en un tigre al acecho, ob-
servando una pieza mientras decidía si valía la pena.
Al no poder dominar el temblor de la mano, Sadie
dejó el vaso sobre la mesa.

–Y en cuanto a cometer errores... Si fuera inmune a ellos, no me habría relacionado contigo.

–Eso no te da derecho a controlar mi vida. No lo consentiré por mucho... ¿Qué pasa? –preguntó desconcertada Sadie cuando Nikos estalló en una carcajada.

–Lo sé perfectamente, *agapiti mou* –el sarcástico énfasis que puso en «querida mía» le otorgó el significado contrario, subrayado por un brillo en los ojos que no tenía nada de cálido o afectuoso.

–¿Por qué crees que prefiero mantenerte aislada mientras planeas la boda?

–Si es que esta vez vas en serio y piensas casarte con tu prometida...

Sadie se arrepintió al instante de haber hecho aquel comentario, que escapó de sus labios irreflexivamente. Lo último que quería era que Nikos creyera que sentía no haberse casado con él. Después de todo, había sido afortunada. ¿O no?

–¿Lo dudas?

–¿Tú qué crees? Recuerda que tengo experiencia personal de lo volátiles que son tus proposiciones matrimoniales.

Nikos frunció los labios y clavó una mirada en ella con la que pareció querer desnudar su alma.

–El caso es que siempre tuve la intención de casarme contigo.

–¿Ah, sí?

Nikos bebió de su taza de café e hizo una mueca de disgusto.

–Está frío. Pero dejémoslo –se puso en pie–. Es hora de que nos vayamos.

–¿Adónde?

–Puesto que quieres saber más detalles, lo mejor será que veas dónde va a tener lugar el enlace. Ve a por lo que necesites. Saldremos en diez minutos.

Mientras la veía alejarse y contemplaba el balanceo de sus caderas, Nikos se dijo que el día se le iba a hacer eterno. El sol de la mañana calentaba con fuerza, y al fondo del acantilado se oía el rumor de la espuma golpeando con furia contra las rocas, un sonido que reproducía el martilleo que sentía en su interior mientras intentaba reprimir sus instintos más básicos. Ni siquiera estaba seguro de cuánto tiempo más podría seguir fingiendo que pretendía trabajar con ella cuando lo que tenía en mente para Sadie Carteret no tenía nada que ver con el trabajo.

Cuando la había encontrado al salir al balcón había necesitado una voluntad de hierro para no ir hasta ella y besarla con la pasión que siempre prendía entre ellos. Los rayos del sol habían arrancados destellos a su cabello y a la piel de terciopelo de sus hombros, que un vestido rojo de tirantes dejaban al descubierto. Los dedos le habían hormigueado al reprimir la tentación de desabrochar cada uno de los botones que cerraban el vestido por delante, dejando primero expuestos sus senos, el valle entre ellos que él tan bien conocía y que se movía al ritmo de su agitada respiración; luego hacia abajo, hacia su cintura, dejando que la tela cayera sobre sus caderas, hacia el suelo hasta exponer la sombra de su sexo cubierto por su ropa interior... ¡No! Sacudió la cabeza para vaciar su mente de aquellos sensuales pensamientos y concentrarse en el presente.

Tenía que estar alerta, no podía divagar por mucho que no pudiera dejar de pensar en arrastrar a Sadie a su cama y pasar allí el resto del día con ella, saciando su deseo. Estaba seguro de que ella lo consentiría, o al menos de que ofrecería una débil resistencia. Lo había percibido en su mirada, en el deseo que había visto reflejado en sus ojos y que ella no había logrado ocultar, en la forma en que sus pupilas se habían dilatado hasta volverse casi negras con un leve resplandor verde en los extremos.

Si hubiera caminado hacia ella y, quitándole el vaso de la mano, la habría besado, Sadie no habría protestado. O sólo inicialmente.

Se habría repetido el instante que habían vivido en su despacho y la reacción que ninguno de los dos lograba dominar, que él en el fondo no quería ocultar y que Sadie sólo era capaz de controlar porque creía que iba a casarse con otra mujer.

Una leve sonrisa curvó sus labios mientras seguía a Sadie con la vista. Estaba disfrutando de verla luchar consigo misma, esforzándose por apagar las llamaradas que prendían en su interior cada vez que estaban juntos. La haría sufrir un tiempo más. De esa manera, cuando la liberara de aquel suplicio, el resultado le produciría una mayor satisfacción.

—Ya hemos llegado.

Sadie tuvo que reprimir una exclamación de alivio tras casi una hora de vuelo en helicóptero. A la aprensión que esa forma de transporte siempre le causaba, se había añadido la incomodidad de estar confinada en un espacio tan pequeño con Nikos durante todo el viaje.

Él mismo había pilotado, y cada movimiento de

sus diestras manos y de sus musculosos brazos sobre los mandos, habían despertado en ella una sensualidad que le había secado la boca y la mantenía con las manos asidas entre sí con fuerza sobre el regazo. Así que observó con alivio la tierra a la que se aproximaban después de un viaje que había transcurrido fundamentalmente sobre el radiante mar.

–¿Dónde estamos? –preguntó cuando aterrizaron.

Pero Nikos había bajado y, agachándose para esquivar las aspas, rodeaba el helicóptero para ir a abrirle la portezuela. En cuanto Sadie posó el pie en tierra y una oleada de calor le golpeó el rostro como una bofetada, no necesitó que Nikos contestara para saber la cruel verdad. Conocía aquella costa, el abrupto acantilado y la modesta casita blanca que se veía en la distancia y en la que había pasado un par de días maravillosos con Nikos durante su primer viaje a Grecia.

–¡Es Icaros! –exclamó sin disimular el desconcierto que la dominaba mientras miraba a Nikos esperando una explicación–. ¿La has recuperado?

–Sí –confirmó Nikos con aspereza.

–¡Cuánto me alegro!

Nikos la miró con desconfianza.

–¿Lo dices en serio?

–Por supuesto, ¡sé cuánto significaba para tu familia!

En la pequeña capilla de la isla se habían casado todos sus antepasados, allí estaba enterrada su difunta hermana.

–Tu padre también lo sabía –dijo él, con tanta acritud que Sadie echó hacia atrás la cabeza como si la hubiera golpeado–. Por eso mismo decidió venderla a una tercera persona en lugar de quedársela, porque sabía que me resultaría más difícil recuperarla.

Sadie se estremeció al oír la amargura con la que se refería a su padre y al pensar en la crueldad con la que éste había actuado. La isla era una de las armas que Edwin había utilizado para convencerla de que Nikos no la amaba. De haberla amado, insistió, Nikos habría planeado la boda en la capilla de Icaros. Y al enfrentarse a esa evidencia, Sadie lo había creído.

Aun así, no había llegado nunca a aceptar el comportamiento de su padre, ni la obsesión por arruinar a los Konstantos, que lo había devorado hasta acabar con su vida.

—¿Tienes idea de por qué empezó la disputa entre las dos familias? —preguntó impulsivamente.

—Siempre hubo una rivalidad profesional —explicó Nikos—, pero la pelea se volvió personal cuando la mujer con la que iba a casarse mi abuelo huyó con tu abuelo. Mi abuelo nunca lo perdonó e hizo todo lo que estuvo en sus manos para arruinar a tu familia. Desde entonces, unos y otros han aprovechado cualquier oportunidad para atacarse.

Nikos se aproximó al acantilado y contempló el horizonte. Su cuerpo se recortaba contra el azul del cielo y sus anchos hombros resultaban aún más poderosos de lo habitual. Sadie recordó con tristeza los días que habían pasado juntos, cuando si Nikos estaba preocupado, bastaba con que lo abrazara por detrás y apoyara la cabeza entre sus hombros para tranquilizarlo. Estuviera del humor que estuviera, casi siempre lograba arrancarle una sonrisa. Entonces Nikos se volvía y, abrazándola, la besaba hasta hacerle perder la cabeza.

Así era como habían acabado en la cama el fin de semana anterior a la boda... ¡Pero no podía dejarse llevar por aquellos recuerdos, no podía regodearse en ellos! Era cruel y deprimente y sólo la debilitarían. Además, debía recordar que no había sido más que un sueño, que todo había sido una gran mentira elaborada por Nikos para hacerle creer que había encontrado el amor de su vida.

–Tuvo que pasar algo más –dijo, continuando la conversación para borrar aquellos atormentadores recuerdos–. Algo más reciente debió empeorar las cosas. Mi padre estaba... obsesionado. Por algún motivo, pasó a odiar a la familia Konstantos y sólo pensaba en acabar con ella.

–¿Y tú no sabes qué fue?

–No –dijo Sadie, con la mirada fija en la distancia.

El corazón le latía con fuerza, impidiéndole respirar. No podía dejar de pensar en el contraste entre su primera visita a aquel lugar y el presente.

–Lo que sí sé –continuó–, es que nunca llegó a sentirse satisfecho, y que en el proceso, se aisló de sus amigos y de su familia, además de romper el corazón de mi madre. Un tiempo después me enteré de que ella había tenido una aventura y pensé que fue eso lo que destrozó su matrimonio, pero luego me di cuenta de que fue al revés.

Cuando no miraba a Nikos a los ojos le resultaba mucho más fácil hablar con él tal y como estaba haciendo en aquel momento. Hasta podía fingir que mantenían una relación civilizada.

–Tú y yo podríamos... –sugirió impulsivamente–, podríamos poner fin a esto.

–¿Tú crees? –preguntó Nikos, volviéndose a mirarla–. ¿Y qué haríamos, convertirnos en buenos amigos?

La amargura de su tono y el desdén con el que la miró dejaron bien claro lo que pensaba de esa posibilidad.

–Quizá no amigos, pero...

–Amigos, no –repitió Nikos enfáticamente–. Porque un amigo no echaría a otro de su casa; o bajaría el precio de venta para que pudiera comprarla.

–¡No era eso a lo que me refería! –estalló Sadie con violencia.

¿De verdad pensaba que ésa era la única razón por la que proponía acabar con el enfrentamiento entre las dos familias, para que le permitiera quedarse con Thorn Trees?

–Claro que nunca podríamos ser amigos –añadió con firmeza–. Me refería a que podríamos poner fin a estas estúpidas hostilidades. No tendríamos por qué vernos el resto de nuestras vidas.

A medida que hablaba sintió que se le hacía un nudo en la garganta. Había podido superar los últimos años gracias a que había evitado pensar en Nikos y a que, aunque casi se había dejado la vida en ello, lo había conseguido. Sin embargo, después de haberse vuelto a encontrar con él tendría que empezar el mismo proceso de nuevo, y sólo imaginar lo difícil que le resultaría conseguirlo se sentía desfallecer.

–Y cuanto antes lo hagamos, mejor para ambos –remató.

Había asumido que Nikos diría algo. Pero él permaneció callado e inmóvil. Sólo el oscuro brillo de sus ojos conservaba vida en su inescrutable rostro. Y Sadie, puesto que no obtuvo de él nada que le hiciera pensar lo contrario, interpretó su silencio como una confirmación de que prefería romper cualquier lazo con ella.

Cuando el silencio de Nikos se prolongó hasta hacerse insoportable, Sadie volvió a hablar, intentando ocultar su desilusión:

–Será mejor que nos pongamos a trabajar. Cuanto antes acabe, antes podré irme.

Se comportaría como una profesional aunque ello la matara. Lo haría todo tan bien que Nikos no podría recriminarle nada ni tendría excusa para incumplir su palabra de dejar que su madre siguiera en Thorn Trees.

Pero una cosa era proponérselo y otra actuar en consonancia cuando a cada paso la asaltaban recuerdos del tiempo que habían estado juntos. Cada sendero, cada cueva, cada roca le hablaban de un pasado en el que había sido feliz aunque todo hubiera acabado en una espantosa decepción.

Llegó a sospechar que Nikos sabía bien lo que había sentido en su primer viaje a la isla, y por eso mismo la estaba usando para atormentarla, dejándole claro que allí iba a casarse con su prometida porque a ella sí que la amaba de verdad. Pero no fue hasta que cruzaron el puente de madera que separaba la isla del peñasco sobre el que se alzaba la pequeña capilla que Sadie pensó que no podría seguir adelante. Deteniéndose bruscamente y sacudiendo la cabeza para retirarse del rostro el cabello que el viento agitaba preguntó:

–¿Por qué me has elegido a mí?

Nikos la miró como si la respuesta fuera tan evidente que no mereciera ser expresada.

–Porque organizas bodas y yo necesito a alguien que organice la mía.

La deliberada lentitud con la que habló, como si intentara hacer entender a alguien con dificultades de comprensión acabó de sacarla de sus casillas.

–Podrías haber elegido a cualquier otra. Seguro que hay alguien mucho más experto y sofisticado que yo.

–Pero te quería a ti.

¿Fue la modulación de su voz lo que hizo que a Sadie se le erizara el cabello?

–¿Por qué yo y no cualquier otra? –insistió

Nikos empujó la puerta de la capilla, que se abrió haciendo ruido al rozar con el suelo de piedra.

–Porque tú tienes una deuda conmigo y las demás no –dijo con aspereza. Y luego, cambiando completamente de actitud, añadió en tono impersonal–: Entra. Quiero que veas la capilla.

Sadie temió derrumbarse al entrar. Si el resto de la isla estaba plagada de recuerdos que la entristecían, aquella capilla pertenecía exclusivamente a Nikos y a su prometida. Ella no la había visitado con anterioridad. Nikos ni siquiera le había enseñado el exterior. Y eso había sido para su padre una prueba más de que Nikos no tenía la menor intención de casarse con ella.

Sin embargo, no le quedaba más opción que entrar. Estaba allí para trabajar y el bienestar de su madre, su equilibrio emocional y, en consecuencia, el de su hermano pequeño, dependían de que ella obedeciera las órdenes de Nikos. Así que se cuadró de hombros, respiró profundamente y cruzó el umbral de la puerta hacia el oscuro interior.

Por contraste con la luminosidad exterior, inicialmente no pudo ver nada más allá del inicio del pasillo central y las últimas filas de bancos. Nikos, junto al altar, no era más que una silueta, una sólida presencia en la tenue luz que se filtraba por los estrechos ventanales.

Quizá fue porque su rostro quedaba a oscuras y no podía ver su expresión, o quizá el hecho de que al casarse con otra persona Nikos demostraba ser capaz de olvidar su amargo pasado en común, lo cierto fue que Sadie oyó repetidas en su cabeza las palabras que había pronunciado unos minutos antes: «podríamos poner fin a esto». Estaba en sus manos acabar con una rivalidad que había causado tanto dolor y ninguna satisfacción. Pero para ello tendrían que encontrar la manera de conseguir retomar sus vidas sin sentir aquella sombra cernirse sobre ellos.

¿Cómo lo lograrían? ¿Por dónde empezar? Quizá si conseguía que Nikos confiara mínimamente en ella podrían dar un primer paso.

Un impulso de renovada determinación la poseyó al tiempo que avanzó hacia el altar, donde Nikos la esperaba con gesto impasible y los brazos cruzados sobre su imponente pecho.

—Si de verdad quieres que organice tu boda, tienes que dejarme trabajar —dijo Sadie al llegar a su lado—. No necesitas confiscar mi teléfono ni mi ordenador. No tengo la menor intención de vender la noticia.

Nikos la miró con frialdad, dejando claro que no la creía.

—Dada mi experiencia en el pasado, comprenderás

que me cueste creerte. Haremos las cosas como yo diga, y si no quieres aceptar mis condiciones, te pondré en el primer avión de vuelta a casa.

Si eso ocurría, ¿qué sería de su madre y de George? Nikos había dicho que no se vengaría de un niño, pero si ella no cumplía su parte del trato, ¿cómo podía asegurarse de que él no los echaría del único lugar en el que se sentían seguros? Sólo imaginar lo que podía suceder hizo que Sadie tuviera un ataque de pánico.

Había prometido a su madre que conservaría su casa y estaba decidida a cumplir su promesa aunque ello le costara la salud. La única arma con la que contaba era el hecho de que Nikos, por razones que se le escapaban, quería que organizara su boda.

Tendría que pasar por alto el hecho de que cada vez que imaginaba la escena sintiera un cuchillo retorciéndosele en las entrañas, o que el cuidado que ponía en proteger a su novia y el interés que mostraba por los planes de la boda, demostraran una vez más que ella nunca le había importado verdaderamente y que su supuesta boda había sido una mera patraña.

Tenía que borrar todos esos pensamientos. Debía olvidar que estaba atrapada con el hombre que había destrozado su vida y la de su familia. El mismo hombre que parecía decidido a utilizar el poder que tenía sobre ella para ejercerlo con un placer sádico.

Fuera como fuera, tendría que lograr pensar en Nikos como en un cliente cualquiera. Sólo así podría soportar una situación que le era impuesta y contra la que no podía hacer nada.

Nikos tenía todas las cartas y podía jugarlas como quisiera. A ella sólo le quedaba la opción de hacer su trabajo lo mejor posible. Y confiar en que Nikos se apiadara lo bastante de ella como para cumplir su palabra cuando su misión concluyera.

De otra manera, se encontraría en el punto de partida y su sacrificio habría sido en balde.

Capítulo 7

QUERRÁS hablar con tu madre.

Después de haber vuelto a la villa en un total silencio, aquellas primeras palabras de Nikos desconcertaron a Sadie, que se quedó mirándolo como si no estuviera segura de haber oído correctamente.

–¿No has dicho que necesitabas hablar con tu madre y tu hermano? –preguntó él.

–Sí, claro... Pero.... –Sadie no había esperado que a Nikos le preocupara o que fuera él quien la animara a hacerlo. Dada la relación que habían establecido, no había contado con que diera tal muestra de generosidad.

–Puedes usar el teléfono de mi despacho.

Nikos la acompañó a una habitación al fondo de la casa, que le resultó muy parecida al despacho en el que se habían encontrado apenas hacía dos días... aunque Sadie tenía la sensación de que habían pasado varios años. Al pensar en aquel encuentro le temblaron las piernas y la mano que alargó para tomar el auricular que Nikos le tendía.

–Éste es el prefijo de Inglaterra –dijo él, escribiéndolo en un papel.

Luego se sentó en la silla delante del escritorio y encendió el ordenador, demostrando a Sadie que aunque hubiera puesto a su disposición el teléfono, seguía decidido a mantenerla bajo una estrecha vigilancia porque no confiaba en ella y para asegurarse de que no decía nada inoportuno de acuerdo a sus propios criterios. En definitiva, no le daba ninguna privacidad.

Pero Sadie no podía permitirse el orgullo de rechazar la oferta cuando la salud mental de su madre estaba en juego. Así que tomó el papel y marcó el número. Sentándose en el borde del escritorio, de espaldas a Nikos, esperó ansiosamente a que su madre contestara. En cuanto oyera su voz sabría cómo se encontraba.

–¿Di-dígame?

Sadie cerró los ojos angustiada y curvó los hombros en un gesto de tenso abatimiento. Aquel tono indicaba que había problemas y que su madre estaba de un humor muy distinto al del día anterior.

–Mamá, soy Sadie. ¿Cómo estás?

–Sadie, ¿dónde has estado todo el día? Esperaba que me llamaras antes.

–He estado ocupada, mamá.

Sadie hablaba en voz baja y se encorvaba hacia adelante como si así lograra aislarse de Nikos que, a su espalda, pulsaba el teclado y parecía concentrado en lo que hacía.

–Ya te dije que estaba aquí para hacer un trabajo.

–Lo sé, pero... ¿Vas a tardar mucho en volver?

Sadie sintió que el corazón se le encogía al oír la temblorosa voz de su madre y la forma en que la entonación adquiría un timbre histérico, y se preguntó si, en su ausencia, estaría tomando la medicación que mantenía su equilibrio mental.

–No serán más que un par de días.

Pero Sadie nunca se había separado de ella por tanto tiempo desde el nacimiento de George, y, obviamente, a Sarah no le estaba resultando fácil.

–¿Qué pasa mamá?

Aquella palabra actuó como la llave de una compuerta que no pudiera ser cerrada. Sadie podía imaginar a su madre sentada al borde de una silla, pálida y demacrada, dando rienda suelta a sus temores, expresando su incredulidad ante la carta de Nikos del día anterior, aterrorizada con la posibilidad de que la echaran de su casa en cualquier momento.

–Tranquilízate, mamá. Todo irá bien –dijo Sadie, intentando sonar lo más convincente posible para atravesar la neblina mental que aturdía a su madre–. Te lo prometo.

Le habría gustado creerlo ella misma para transmitir más seguridad con sus palabras, pero hizo lo que pudo.

–¿Cómo puedes estar tan segura, Sadie? ¿Cómo sabes que Nikos mantendrá su palabra? ¿Y si cambia de opinión?

–Eso no va a pasar, mamá, porque yo no lo permitiré.

¿Qué otra cosa podía decir? ¿De qué otra manera podía persuadir a Sarah de que mantuviera la calma? Sus palabras parecieron surtir efecto. La ansiedad de su madre remitió y su respiración fue calmándose en lugar de llegarle alterada y jadeante.

–Tengo todo bajo control, mamá –insistió–. Sabes que puedes contar conmigo.

–¿Estás segura de que podemos quedarnos?

–Uhum.

Sadie sólo fue capaz de emitir un sonido indefinido que pudiera servir de asentimiento porque era muy consciente de la oscura y silenciosa presencia de Nikos y no quería decir nada que pudiera sonar a provocación o a exceso de seguridad.

Cuando había ido a ver a Sarah después de su encuentro con Nikos en Cambrelli's, había destacado los aspectos positivos de la situación: Nikos les dejaba permanecer en la casa y mientras ella estuviera trabajando para él, no tenían nada de qué preocuparse. Había calculado que entre tanto tendría la oportunidad de pensar en otra salida a su problema. Pero también había previsto que, al insistir en lo bueno, se arriesgaba a que su madre creyera que el problema estaba resuelto.

Por otro lado, temía que a Nikos, al escuchar la conversación, le molestara que hubiera transmitido a su madre una seguridad en la resolución el problema que él estaba lejos de secundar. ¿Le molestaría pensar que Sadie diera la devolución de Thorn Trees por confirmada, que hubiera hecho creer a su madre que la conseguiría a cambio de organizar su boda? El temor a cómo pudiera reaccionar hizo que un escalofrío le recorriera la espalda.

–Prométemelo.

–Te lo prometo, mamá.

Por fin su madre pareció lo bastante tranquila como para poder terminar la conversación y, a regañadientes, Sadie se despidió y colgó el teléfono al tiempo que intentaba recuperar el control de sus emociones.

–¿Hay algún problema?

Nikos le había oído suspirar y Sadie temió que hubiera oído los comentarios de su madre.

–No... nada. Todo está bien –dijo ella. Y para evitar que Nikos percibiera la inquietud en su voz, colgó ella misma el teléfono. Al hacerlo, descubrió unas fotos de familia sobre el escritorio. Algunos de los rostros le resultaron familiares–. ¿Quién es ése? –preguntó señalando una en particular.

Por la forma sombría en que Nikos miró en la dirección que ella señalaba, se dio cuenta de que había hecho una pregunta inoportuna.

–Mi padre.

–¿De verdad? –Sadie miró fijamente al hombre que parecía mucho más delgado y viejo que cuando ella lo había visto en persona–. Ha cambiado mucho.

–Ha estado muy enfermo.

Claramente, Nikos no tenía intención de elaborar más su explicación. Sadie iba a dejar el tema cuando otra de las fotografías reclamó su atención.

–¿Y el hombre que está detrás?

–Mi tío Georgiou. Murió hace cinco años –replicó Nikos secamente–. ¿Vas a hacer más preguntas sobre la boda o sólo te interesan los miembros de mi familia?

Sadie interpretó el cambio de tema como una amonestación por haberse salido de lo que era estrictamente su función.

–Sí, claro, empezando por la más obvia. Sabes que es imposible que haga bien mi trabajo sin saber nada de la novia. Comprendo que quieras preservar tu privacidad, pero al menos tendrás que darme algunos detalles –se acercó un cuaderno que había sobre el escritorio y tomó un bolígrafo–. Por ejemplo, cuántos años tiene, cómo es físicamente, cómo se llama.

–¿Por qué demonios te dedicas a esto? –preguntó Nikos, sobresaltándola de tal manera que Sadie movió la mano bruscamente y marcó un trazo sobre el papel.

Intentando calmarse, preguntó:

–¿El qué?

Nikos se preguntó si era consciente del efecto que causaba en él cuando lo miraba con aquel gesto de inocencia, con los ojos muy abiertos y expresión desconcertada, como un cervatillo atrapado por los faros de un coche en la oscuridad. Tenía la sospecha de que sí lo sabía, y de que pretendía utilizarlo en su favor.

–¿Por qué hago el qué? –repitió ella.

–¿Por qué una mujer que canceló su propia boda se dedica a organizar la de otros?

–Porque creo en el matrimonio.

Sadie se había puesto en tensión. Nikos podía percibirla en sus hombros y en la delicada línea de su cuello. Era un tormento ver el subir y bajar de sus senos al alterársele la respiración y no poder sucumbir a la tentación de tocarlos.

–¿Que crees en el matrimonio? –repitió con sorna–. ¿Por qué alguien como tú creería en el matrimonio...? A no ser que... –Nikos chasqueó los dedos como si acabara de llegar a una conclusión. Sadie le lanzó una mirada centelleante intuyendo la dirección que iba a tomar–. El matrimonio sirva como alianza entre dinastías, preferiblemente, con una muy rica y si es posible, con mucho sexo para evitar el aburrimiento.

–¡Eso no es verdad!

Sadie se puso en pie con los ojos brillantes de ira y las mejillas rojas de indignación. Respiraba tan agitadamente que su pecho parecía querer saltar del escote de su vestido, y Nikos notó una reacción física inmediata en la parte inferior de su cuerpo, que tuvo que controlar exhalando un profundo suspiro.

–Resulta que también creo en el amor –exclamó Sadie, mientras Nikos desviaba la mirada de la perturbadora visión de sus senos a su rostro con lo que Sadie interpretó como expresión de incredulidad.

Y tenía razón. ¿Por qué iba a creerla? ¿Cómo iba a creer a la persona que lo había manipulado para distraerlo mientras su padre culminaba su plan para la destrucción de la familia Konstantos, un plan tan diabólico que había arrastrado al padre de Nikos a un intento de suicidio?

Y Sadie había tomado parte en el plan.

–¡Amor! –repitió Nikos con sarcasmo–. ¿Qué sabes tú del amor? ¿Alguna vez has amado a alguien aparte de a ti misma?

–Claro que sí. Tú lo sabes muy bien. Yo...

–¡Por favor, no pretendas que tome tu comportamiento conmigo como una prueba de amor! –Nikos no daba crédito a lo lejos que Sadie estaba dispuesta a ir con sus mentiras. Furioso, añadió–: *Thee mou*, ¡no se te ocurra decir que me amabas...! ¡O aun peor, que todavía me amas!

Sadie cerró los ojos por un instante como si necesitara recuperarse de una bofetada, pero en cuanto pudo reaccionar, pasó al ataque.

–Por supuesto que no pienso decir eso. ¡No te amo! Y si quieres saber la verdad...

–¡Desde luego que sí! –atacó Nikos cuando Sadie pareció quedarse sin resuello–. Ya es hora de que haya un poco de honestidad en esta relación.

–¿Honestidad? –repitió Sadie como un eco, inyectando a la palabra tal sarcasmo que fue como si tuviera una cuchilla en la lengua–. Si eso es lo que quieres, la tendrás.

Una vez más tuvo que hacer una pausa para respirar, durante la que Nikos la miró con ojos ardientes, pero sin rastro de emoción en su rostro. Y la necesidad de Sadie de atravesar aquella armadura hizo que perdiera el control.

–La verdad es que no te amo, que lo único que siento por ti es desprecio. Te odio. Jamás habría acudido a ti si hubiera podido evitarlo, si no hubieras sido mi única esperanza.

La forma en que Nikos frunció el ceño con gesto sombrío hizo que se le pusiera un nudo en el estómago al pensar que se había sobrepasado y que le había dado la munición que necesitaba contra ella. Pero, pensó, tampoco le había revelado nada nuevo, puesto que Nikos debía saber que sólo la desesperación podía haberla forzado a suplicarle que le dejara conservar Thorn Trees. Él más que nadie debía saber que, de haber podido, habría recurrido a cualquier otra persona.

Y por otro lado, decir aquellas palabras le había resultado liberador. Cuando Nikos había acudido a su casa cinco años atrás por última vez y su padre había abierto la puerta, ella estaba en el piso superior, con su madre. Sarah estaba embarazada de George y sufría tal estado de ansiedad, que Sadie no había sido capaz de abandonarla ni para enfrentarse al hombre que le había destrozado el corazón y la vida. Así que desde lo alto de la escalera, sintiéndose incapaz de verlo, se había limitado a decir las frases que su padre le había dictado

Pero en aquella ocasión no había censurado sus palabras, y la sensación era tan liberadora, que por una fracción de segundo no pensó en las consecuencias de decirlas.

–Y la única razón de que esté aquí es que me has exigido que venga a organizar tu boda. Creía que ése era el acuerdo.

–Y lo es –el tono de Nikos fue sorprendentemente apacible, pero sus ojos le quemaron la piel, dejándola en carne viva.

–Voy a cumplirlo hasta el final a pesar de lo que pueda sentir por ti personalmente. Cuidaré cada detalle y haré mi trabajo lo mejor posible porque te he dado mi palabra.

No tenía otra opción, a no ser que quisiera arriesgarse a que Nikos no cumpliera con su parte del trato y volviera a exigirle que empaquetara para abandonar su casa tal y como había hecho inicialmente, antes de su sorprendente cambio de opinión.

–Pero no voy a hacerlo por ti –continuó–, sino por tu novia, para que sea el día más maravilloso de su vida aunque... aunque vaya a casarse contigo. Y para eso...

Casi imperceptiblemente, algo cambió en la expresión de Nikos. Se produjo un leve cambio en los músculos de su rostro, en el brillo de sus ojos. Una transformación extremadamente sutil tuvo lugar en una fracción de segundo y cambio la atmósfera, dejando a Sadie sin aire, como si buceara.

–¿Y para eso? –la animó Nikos mientras ella intentaba tomar aire.

–Y para eso, necesito hablar con ella y conocerla.

–Eso no va a pasar.

Nikos se apoyó en el respaldo de la silla, cruzó las piernas encima del escritorio y entrelazó las manos tras la nuca en actitud displicente.

–¡Pero eso es ridículo! –exclamó Sadie.

Nikos se encogió de hombros como si su opinión fuera totalmente irrelevante.

–Así son las cosas.

–¿No te das cuenta de que es imposible que haga lo que tengo que hacer si ni siquiera me dices cómo se llama?

Por la actitud altanera de Nikos, Sadie supo que había llegado a un callejón sin salida. No le daría ninguna información y no conseguiría nada insistiendo. Pero Nikos quiso aclarar algo:

–Todo lo que necesitas saber es que se trata de la única mujer con la que he querido casarme en toda mi vida.

La aparente calma que transmitía su postura entró en contradicción con la hiriente mordacidad de aquel último comentario, con el que, evidentemente, pretendía herir a Sadie. Y lo consiguió con tal acierto, que ella perdió el último atisbo de entereza que le quedaba.

–¡No voy a poder hacerlo! –declaró, sacudiendo la cabeza abatida–. ¡No puedo! Tienes que entenderlo. Pretendes que organice una boda para una novia que, en términos prácticos, no existe.

Un súbito pensamiento la sacudió y se volvió hacia Nikos con ojos centelleantes.

–¿Existe, verdad?

Nikos no podía ser capaz de haber urdido una mentira de aquellas dimensiones.

Él cambió de postura y se pasó las manos por el cabello con sensualidad.

–Claro que existe –la tranquilizó–. Es muy real.

–Si eso es cierto, quiero ponerme en contacto con ella –Sadie tomó el teléfono con decisión y lo blandió delante de la cara de Nikos–. Llámala y hazle algunas preguntas. Ni siquiera necesito hacérselas yo directamente ¡Vamos! –insistió, al ver que Nikos no se inmutaba.

Pero su actitud había cambiado igual que la expresión de su rostro lo había hecho hacía unos instantes. Había una nueva tensión en sus músculos, como si estuviera preparándose para atacar.

Sadie sacudió el teléfono con furia sin importarle cómo pudiera reaccionar Nikos.

–¡Habla con ella!

Nikos permaneció callado hasta que finalmente, se limitó a decir con solemnidad.

–No.

Sadie lo miró estupefacta.

–¿Qué significa eso?

–Que no puedo llamar a mi futura esposa por teléfono.

–¿Por qué no? ¿Dónde está?

–Aquí mismo.

–¿Cómo?

La respuesta fue tan inesperada que Sadie miró a su alrededor como si de verdad esperara encontrar a la prometida de Nikos en la habitación.

–Aquí no hay nadie... más que yo –una espantosa

idea le cruzó la mente según hablaba. Lentamente se volvió hacia Nikos–. No hay nadie –repitió, pero en aquella ocasión en tono retador.

–Precisamente.

Nikos quitó los pies del escritorio, se incorporó y se estiró perezosamente.

–La mujer con la que voy a casarme está aquí mismo.

–Pero tu prometida...

–No hay ninguna prometida...

Sadie no daba crédito a lo que estaba oyendo. Sacudió al cabeza para aclarar sus ideas.

–Me has traído aquí para organizar tu boda –dijo como si intentar recuperar la cordura. Nikos la miraba impasible, demostrando que no pensaba hacer el menor esfuerzo para ayudarla a comprender–. Me dijiste que tenías una prometida...

–Si lo piensas detenidamente, nunca dije nada de eso –dijo él con una frialdad que hizo que a Sadie la cabeza le diera vueltas–. Te dije que quería que vinieras a organizar mi boda, pero en ningún momento te he dicho con quién pensaba casarme. Y nunca he dicho que hubiera otra mujer implicada.

Sadie sintió que se le nublaba la vista y que se le revolvía el estómago. Se llevó las manos al corazón y luego se masajeó las sienes para aliviar un súbito dolor de cabeza.

–No puede ser. No puede...

–Puedo y voy a hacerlo.

Nikos se acercó a ella lenta y sigilosamente, y Sadie sólo pudo observar, paralizada, cómo le acariciaba la mejilla antes de tomarle el mentón y obligarle a alzar el rostro hacia él hasta que sus miradas se encontraron.

–Lo que estoy intentando decir –dijo él con dulzura–, es que estás aquí porque eres la única mujer con la que tengo intención de casarme.

Capítulo 8

ERES la única mujer con la que tengo intención de casarme».

La frase se repetía en el cerebro de Sadie, perfectamente comprensible tomada palabra por palabra, pero sin ningún significado real. ¿Qué necesidad tenía Nikos de mentir? Si nunca había pensado en casarse con ella, ¿por qué iba a cambiar de idea a aquellas alturas?

–No.

Sacudió la cabeza violentamente, pero con ello sólo logró incrementar su mareo. Ni siquiera la ayudó la mano de Nikos, que la sujetaba con firmeza, transmitiéndole su calor. Un calor que, desafortunadamente, le encantaba sentir.

En medio de la sensación de caos en la que estaba sumergido su cerebro, lo único que tenía claro era que no quería romper aquel contacto, que le hubiera gustado girar la cabeza para sentir la palma contra su piel y besarla.

Y su mente racional le decía que eso era precisamente lo contrario de lo que debería desear. Pero también su lado racional se estaba debilitando por momentos, aunque eso a Sadie empezara a no importarle.

Sólo era consciente de que durante todo el tiempo que habían pasado en la habitación, y aunque no hubiera querido reconocerlo, había ansiado cruzar la distancia que los separaba y sentir el cuerpo de Nikos junto al suyo, su calor, su fuerza.

–No... –dijo de nuevo débilmente–. No puedes estar diciendo la verdad.

–¿Tú crees, *glikia mou*? –preguntó Nikos con una dulzura que la hizo estremecer.

–No puedes haberme traído hasta aquí para...

Sadie no conseguía articular las palabras y no lograba decidir si era porque la idea le parecía descabellada o por el recorrido que el pulgar de Nikos estaba haciendo por su mejilla, desde el pómulo hasta la barbilla. Le temblaban las piernas y notaba el calor de aquella caricia irradiar a todo su cuerpo, fundiéndole los huesos. Haciendo un esfuerzo sobrehumano, alzó la cabeza para romper el contacto y clavó sus ojos verdes en los dorados de Nikos.

–¡Me has engañado! –le acusó, furiosa–. Me has traído con artimañas. ¡Me has raptado!

–¿Que yo te he raptado, *agapiti mou*? ¿Acaso te he arrastrado al avión o te he traído a la fuerza?

Caminando hacia la puerta, la abrió de par en par y señaló con la palma abierta hacia el exterior, indicándole que podía salir cuando quisiera.

Sadie estuvo tentada de hacerlo, pero en cuanto dio el primer paso se dio cuenta de que se trataba otra de sus trampas. Si Nikos no la había obligado físicamente, lo cierto era que la había chantajeado psicológicamente.

–Puedes marcharte cuando quieras.

–¡Eso no es verdad y tú lo sabes! Como yo sé es

que no puedo aceptar tu plan. Y ni siquiera creo que hables en serio.

–¿Por qué no?

Su pregunta sonó tan lógica y sensata, que Sadie adivinó el peligro que ocultaba. Un peligro que la espantaba y que al mismo tiempo la atraía como un imán. No pudo apartar la mirada de los sensuales labios de Nikos, ni de sus ojos que la atrapaban como si estuviera clavada al suelo.

–Porque lo que has dicho no tienen ningún sentido. No puedes querer casarte conmigo.

–Si es lo que tengo que hacer, lo haré.

Lo inesperado de la respuesta hizo que Sadie frunciera el ceño.

–¿Lo que tienes que hacer para qué? –preguntó.

–Para superar lo que hay entre nosotros.

–¡Pero si entre nosotros no hay nada!

–Desde luego que sí lo hay, te lo aseguro.

¿Cómo era posible que no se hubiera dado cuenta de que Nikos se le acercaba hasta volver a tenerlo delante de sí?

–¡No!

Alzó las manos para intentar apartarlo, pero Nikos se limitó a sonreír y a entrelazar sus dedos con los de ella.

–Hay esto...

Sadie se quedó sin respiración cuando él se llevó la mano a los labios y le besó los dedos uno a uno. El corazón se le aceleró y tuvo que humedecerse los labios que súbitamente se le habían secado.

–Y hay esto...

Manteniendo su mano asida, Nikos alzó la otra hasta su cabeza y le acarició delicadamente el cabello hasta que Sadie inclinó el cuello hacia atrás prácticamente ronroneando.

–Y esto...

Tirando de ella con suavidad pero al mismo tiempo con firmeza, la apretó contra su cuerpo hasta que los senos de Sadie se aplastaron contra su pecho, y ella notó entre los muslos la evidencia del deseo que despertaba en él, que a su vez, despertó una respuesta inmediata en ella.

–Nikos... –susurró con voz ronca.

–¿Sí, *glikia mou?* –dijo él en el mismo tono.

Y en cuanto lo oyó, Sadie supo que había perdido el habla y la capacidad de resistencia. Desvió la mirada de los ojos de Nikos, pero se encontró la imagen de sus dedos entrelazados, el contraste entre los dedos fuertes y oscuros de él y los suyos, más delicados y pálidos. Por un instante se quedó paralizada al sentir en cada célula de su cuerpo al hombre que la abrazaba, el calor que le transmitía, la fuerza con la que la rodeaba. Si respiraba, el aire le entraba en los pulmones impregnado de su aroma. Su visión estaba nublada; sólo Nikos permanecía enfocado. Y aunque ni siquiera la había besado, estaba segura de que si se pasaba la lengua por los labios, le sabrían a él.

–¿Sadie?

La voz de Nikos le llegó como una advertencia y una invitación a un tiempo. La advertencia le recomendaba apartarse de él mientras pudiera. La invitación la conducía exactamente a donde ella quería.

En el fondo de su mente una vocecita le gritaba que tuviera cuidado. Pero Sadie la apagó porque no quería ser racional ni actuar sensatamente. Deseaba que sucediera aquello desde el momento en que había visto a Nikos en su despacho. Si no había pasado antes era porque la noción de que existiera otra mujer lo había borrado de su cabeza, pero ya no había nada que se interpusiera entre ellos y no quería detenerse.

Quería aceptar la invitación y eso era lo que iba a hacer.

Alzó el rostro lentamente y en aquella ocasión no parpadeó al encontrarse con la mirada de Nikos.

–Está bien –dijo con dulzura, ladeando la cabeza para ofrecerle los labios–. Veamos qué hay entre nosotros.

Apenas acabó de hablar cuando Nikos la besó. Pero en lugar de la fuerza y la pasión que ella había asumido, el beso fue lento y delicado. Nikos fue apoderándose de su boca con destreza, explorándola parsimoniosamente, pasando la lengua entre sus labios, acariciando las comisuras, volviendo a su interior. Y entonces la sensualidad y la delicadeza se transformaron en un fuego y un frenesí que la hicieron jadear y apretarse contra él. Sus pechos, sus caderas, sus muslos en contacto, Sadie le sujetó por la nuca para prolongar el beso.

Notó el acelerado corazón de Nikos contra sus costillas y en respuesta sintió que la sangre le ardía al recorrerle las venas. Enredó los dedos en el cabello de Nikos y se pegó más aún a él cuando sintió sus manos deslizarse por sus hombros desnudos y por su espalda. Él la asió por el trasero, basculando su ingle hacia la de él.

–Nikos...

Pronunció su nombre como una súplica, como un ruego para que no se detuviera. Y oyó que él mascullaba algo en griego al tiempo que se acoplaba a ella para satisfacer su deseo.

Entonces Nikos la alzó del suelo y la depositó sobre la pulida superficie del escritorio, levantándole la falda del vestido hasta la cintura. Con una mano sujetándole la espalda, usó la otra para desabrocharle los botones mientras puntuaba el recorrido de sus dedos con besos abrasadores.

La tela roja se abrió hacia los lados dejando expuesta su blanca piel, el montículo de sus senos bajo el sujetador azul. Nikos contuvo el aliento mientras con los dedos recorría el borde de la prenda, arrancando un suspiro urgente de la garganta de Sadie.

—Nikos... —dijo de nuevo en un susurro anhelante que se convirtió en jadeo cuando Nikos cubrió uno de sus senos e introdujo el pulgar debajo de la tela para frotar su pezón hasta que ella emitió un grito en respuesta.

Nikos lo ahogó atrapando su boca a la vez que la apretaba contra sí y deslizaba los tirantes del sujetador hacia abajo hasta exponer sus pechos.

Sadie llevó las manos a la camisa de Nikos y se la abrió con mucha mayor brusquedad de la que él había usado con ella. Oyó que se rasgaba la tela y el ruido de un botón cayendo al suelo, pero le dio lo mismo. Lo único que le importaba era poder tocar la piel de Nikos cubierta de un suave vello, sentir su calor bajo las yemas de los dedos. Exhaló un suspiro al rozar con sus uñas sus pezones, y sonrió al oírle susurrar palabras en su lengua materna mientras su cuerpo se estremecía con un placer incontrolable.

—Sí, *gineka mou* —musitó él jadeante, antes de mordisquear el pezón que acababa de endurecer con el dedo hasta que aquella deliciosa tortura hizo retorcerse a Sadie.

Ella oyó el eco de algo caer, quizá el cubilete con los bolígrafos, un golpe seco contra el suelo, y luego la risa de Nikos que reverberó contra su piel intensificando todas las sensaciones que la asaltaban.

–Eres mi mujer –dijo él–. Mía.

–Tuya –repitió ella antes de abandonarse al éxtasis de la boca de Nikos succionando su excitado pezón, mordisqueándolo hasta casi hacerle daño.

–¡Tuya!

Se arqueó contra él para intensificar el contacto, la presión. Por un instante perdió la cabeza, ahogándose en un placer del que sólo salió para entrar en otro todavía más intenso cuando Nikos llevó sus diestros dedos a la línea de la tela entre sus muslos. Un suspiro escapó de sus labios al tiempo que se aferraba a la camisa de Nikos por temor a que éste se alejara. Pero él se limitó a enganchar los dedos en el elástico de sus bragas y a tirar de ellas hacia abajo, deslizándolas por sus muslos.

Cuando llegó a la altura de las rodillas y se atascaron, masculló y de dos tirones las rompió por las costuras y las tiró a un lado con impaciencia.

Su boca sustituyó a sus dedos, dejando un ardiente rastro en el triángulo oscuro del vértice de sus muslos; su lengua la atormentó deslizándose hacia la zona más sensible y delicada, abriendo los pliegues como los pétalos de una rosa al sol.

Pero Sadie ya no podía esperar más, no podía soportar aquella agonía por muy deliciosa que fuera. Con dedos temblorosos, torpemente, buscó la hebilla del cinturón de Nikos. Él la detuvo y volvió a besarla.

Sadie oyó una cremallera y tras un momento de tenso suspense en el que contuvo el aliento, Nikos la elevó, dejando sólo parte de su trasero apoyado en el escritorio, le abrió las piernas y se colocó entre ellas.

Besándola, la tomó por las caderas y la levantó antes de hacerla descender sobre su duro y palpitante sexo.

—¡Nikos!

Pronunció su nombre en un prolongado gemido de placer y bienestar. Podría haberse quedado así, gozando de sentirlo en su interior, tan cerca. Pero Nikos empezó a moverse, acariciándola por dentro, penetrándola profundamente y luego saliendo casi completamente una y otra vez. Sadie clavó los dedos en sus hombros, le mordisqueó la línea de la barbilla, le lamió y saboreó su salado sudor. Y en cuestión de segundos perdió todo control y se entregó plenamente a las sensaciones. Ciega, anulada, se movió con Nikos, sintiéndolo en su interior mientras él la arrastraba hacia una espiral de placer que acabó por estallar en un puro y demoledor éxtasis.

Oyó una voz gritar y se dio cuenta de que era la suya, pero no le importó que pudieran oírla. En unos segundos, Nikos la acompañó con otro gemido, primitivo y exultante.

Después, Sadie perdió la noción de todo. Y aunque empezó a recuperar el sentido de la realidad lentamente, ésta le llegaba amortiguada por una nebulosa que sólo le permitía ser plenamente consciente de los brazos de Nikos rodeándola, de su pecho agitado, del latido de su corazón contra sus costillas, y del aroma de su piel que le llegaba con cada respiración al tener la cabeza apoyada, completamente laxa, sobre su hombro

Una vez remitió el martilleo que Nikos sentía en la cabeza, pensó que era una suerte que el escritorio soportara el peso de Sadie y que él pudiera apoyar las manos en él. Después del torbellino de pasión que los había arrastrado, no lograba recuperar el sentido de la realidad, ni siquiera podía pensar. Se sentía como si hubiera estado en el ojo de un huracán, volteado, sacudido, y luego lanzado de nuevo al suelo, aturdido, sin referencias espaciales. Le temblaban los brazos, y las piernas apenas lo sostenían; no conseguía que le entrara suficiente aire en los pulmones. Dudaba de que su corazón o su pulso pudieran recuperar alguna vez su ritmo normal.

El cuerpo de Sadie reposaba sobre el suyo completamente relajado, como si fuera una marioneta a la que le hubieran cortado las cuerdas. Y en la habitación sólo se oía el entrecortado sonido de sus agitadas respiraciones, al que se unía en la distancia el de las olas batiendo la orilla en un mundo donde la vida seguía con normalidad, ajena a la desbocada pasión que se había desatado en la villa.

Pero no podían permanecer al margen de la realidad indefinidamente. La vida debía continuar. Alguien podía encontrarlos. Debían recomponerse y volver a la normalidad.

Y eso significaba enfrentarse a las repercusiones de lo que acababa de suceder.

Por su parte, tendría que asimilar que se había dejado llevar ciega e irreflexivamente, sin plantearse nada en términos prácticos. Ni siquiera, *Thee mou*, había usado protección.

Acababa de mantener relaciones con la mujer a la que llevaba odiando cinco años, una mujer en la que no podía confiar. Y lo había hecho sin preservativo. No había sido capaz de pensar en nada porque había dejado que lo dominara su libido como si fuera un adolescente inexperto.

Los dos habían perdido el control, reaccionando con una abrasadora furia que ningún pensamiento racional habría logrado enfriar.

Pero lo peor de todo era que habría estado dispuesto a repetirlo sin pensárselo dos veces. Incluso en ese mismo instante, todavía jadeante y con el pulso acelerado, Sadie no tenía más que moverse para ponerle en circulación la sangre. Si suspiraba y sentía su aliento como una caricia contra la piel, no podría resistir la tentación de volver a besarla hasta que sus cuerpos recobraran ímpetu y saciar su deseo fuera lo único en lo que pudieran pensar.

Y Sadie lo acompañaría. No necesitaba comprobarlo para saberlo. Sabía que bastaba con tocarla para que la llamarada volviera a prender entre ellos y la parte más primitiva de su ser obedeciera la llamada instintiva de sus cuerpos.

Por eso mismo, no podía actuar tan estúpidamente. Debía recuperar el control y pronto.

–Sadie... –la voz le falló. Carraspeó y lo intentó de nuevo–: Sadie.

Ella lo oyó en esa ocasión y alzó la cabeza lentamente. Tenía todavía la mirada ausente. Pestañeó para enfocar, como si con ello pudiera salir del estado de laxitud en el que le había dejado el explosivo clímax.

–Tenemos que hablar... –empezó Nikos.

El timbre del teléfono lo interrumpió, al tiempo que rompía la atmósfera de sensualidad en la que estaban sumidos y los devolvía a la realidad de golpe.

Nikos levantó el auricular mecánicamente.

–¿Sí?

Al oír la voz de su padre supo que no tenía otra alternativa que charlar con Petros para calmarlo.

–Tengo que hablar –dijo a Sadie–. Puede que tarde.

En cualquier caso, Sadie parecía necesitar un tiempo para reaccionar. No tenía sentido intentar hablar cuando ella no estaba en condiciones de hacerlo, y también a él le iría bien reflexionar para decidir qué actitud adoptar.

Pero antes tenía que ocuparse de su padre. Y si Petros se enteraba de con quién estaba, si Sadie hablaba y la oía, estallaría de nuevo la crisis entre las dos familias. Ya había pasado una vez: aquellas viejas rencillas habían acabado con su relación con ella, y no estaba dispuesto a que sucediera de nuevo.

–Ve a lavarte

Deslizó la mirada por el cabello alborotado de Sadie, su vestido abierto y arrugado, el sujetador descolocado y las bragas en dos trozos sobre el suelo. Se agachó, los recogió y se los puso en la mano mientras Sadie seguía sin reaccionar.

–Pero... –balbuceó.

Pero Nikos sujetó el teléfono contra el hombro y con las dos manos la empujó hacia fuera.

–Dúchate o date un baño en la piscina. En cuanto acabe iré a buscarte. ¿Qué? –la voz de su padre preguntándole si la persona con la que estaba era más importante que él, le recordó que lo tenía al teléfono–. No, tranquilo. No es nada urgente. Puede esperar.

Hasta que cerró la puerta tras Sadie no se dio cuenta de que era la primera vez que no hablaba con su padre en griego.

Capítulo 9

AL ENCONTRARSE al otro lado de la puerta Sadie no supo si montar en cólera o romper en llanto. Cualquier de las dos reacciones era posible, y la combinación, una bomba de relojería que podía estallar en cualquier momento.

Por un instante se planteó la posibilidad de entrar en el despacho, arrancar el auricular de la mano de Nikos y tirarlo por la ventana. Pero al pensar en el riesgo que correría, al igual que su madre y George, se contuvo y decidió volver al refugio de su dormitorio, caminando tan deprisa como pudo para evitar encontrarse con algún miembro del personal.

El aspecto deplorable que presentaba dejaba claro lo que había estado haciendo. Se recogía el vestido al cuerpo, sus senos quedaban medio expuestos y llevaba en la mano lo que quedaba de sus bragas. Al mirarlas, no pudo evitar un estremecimiento de repulsión al recordar por qué estaban destrozadas.

Y no podía culparse más que a sí misma.

«Está bien», se oyó decir en tono seductor. «Veamos qué hay entre nosotros».

Se había entregado a Nikos en bandeja de plata y él se había limitado a aceptarla.

Entró en el dormitorio, cerró la puerta precipitadamente y se apoyó en ella, jadeante. ¡Ni siquiera había insistido en que Nikos usara preservativo! Había actuado más irresponsablemente que en el pasado. Así que no podía culpar a Nikos de haberla tomado como la fácil conquista que había demostrado ser.

Con un gemido de asco y horror, tiró las bragas a la papelera y se desnudó bruscamente. Nikos tenía razón, se daría una ducha para lavar su olor y el sabor de su piel. Era una lástima que no pudiera hacer lo mismo con los recuerdos.

Dejó que el agua corriera por su cuerpo, se frotó con rabia cada milímetro y se enjabonó el cabello dos veces, pero ni aun así logró librarse de la sensación de haber sido utilizada y luego desechada.

–¡Maldito, maldito seas! –exclamó mientras se secaba con furia el cabello con una toalla.

Tuvo la tentación de vestirse e ir a enfrentarse a Nikos, pero, por orgullo, decidió no demostrarle hasta qué punto estaba afectada. Además del temor de llevar las cosas demasiado lejos y arriesgar la posición de su madre y de George. Si cometía un error, si daba un paso en falso, estaba segura de que Nikos cumpliría su amenaza de dejarlos sin casa.

¿O lo haría de todas formas?

Sadie se quedó paralizada, mirándose al espejo en el que se reflejaba su mirada ansiosa. ¿Cuál era el plan de Nikos?

La había llevado a Grecia aduciendo falsos motivos. La supuesta boda no había sido más que un engaño de principio a fin. ¿Entonces...? Sadie hizo una mueca de horror al caer en la cuenta de que el objetivo de Nikos había sido volver a tener sexo con ella. Ella misma le había dado la idea al caer en sus brazos como una fruta madura en cuanto la besó en su despacho de Londres. Debía haber sido entonces cuando había planeado lo que de pronto Sadie veía con toda nitidez: vengarse de ella.

«¡Pero tiene que haber alguna manera de llegar a un acuerdo! Seguro que hay algo que pueda hacer... Lo que sea...».

Sus palabras se repetían en su cabeza como un eco, haciéndola sonrojarse de vergüenza y rabia. La interpretación que Nikos les había dado no era nada descabellada.

«¿Qué tipo de servicios tienes en mente? ¿Qué estás dispuesta a ofrecerme?», había sido su respuesta.

Aunque hubiera negado que eso fuera lo que insinuaba, debía haber plantado en Nikos la semilla de cómo podría pagar por Thorn Trees.

Si hubiera tenido algo de juicio, huiría. Tenía consigo el pasaporte; podía comprarse un billete de avión con el poco dinero que le quedaba. Pero ésa no era una opción abierta porque las consecuencias serían terribles, y sólo imaginar a su madre en la calle después de haberle hecho creer que podía quedarse en su casa, hacía que los ojos se le llenaran de lágrimas.

Tampoco podía llamar a la policía y acusarle de secuestro porque como muy bien había dicho él, no había ninguna prueba para demostrarlo.

Estaba atrapada, pero eso no significaba que tuviera que bailar al son que Nikos tocara. Lanzó una mirada al reloj y vio que había pasado más de media hora desde que Nikos le había hecho salir del despacho. Estaba segura de que aparecería en cualquier momento. Pero si creía que la encontraría esperándolo, estaba muy equivocado. Le demostraría que le era indiferente, que sus palabras no le habían hecho daño.

Nikos le había sugerido que se diera un baño y eso era lo que iba hacer. Abrió un cajón del armario y sacó el bañador que había metido en la maleta en el último momento. Cuando Nikos fuera a buscarla, la encontraría en la piscina, nadando y relajándose al sol despreocupadamente, como si la tórrida escena del despacho no hubiera tenido lugar.

La terapia funcionó parcialmente. El calor del sol sobre su cabeza, el frescor del agua clara y el ejercicio físico aquietaron sus exacerbados nervios, permitiéndole vaciar la mente y concentrarse en la mecánica de los movimientos.

Al menos hasta que por el rabillo del ojo notó una presencia zambullirse en el agua y unos segundos más tarde Nikos emergió delante de ella, con el rostro y el cabello mojado mientras movía brazos y piernas para mantenerse a flote.

—Así que era aquí donde te escondías.

—No es ningún escondite —dijo ella en tono despreocupado—. Hace calor y no quería desperdiciar el lujo de tener una piscina a mi disposición.

Rezó para que Nikos asumiera que tenía la respiración agitada por el ejercicio y no que se trataba de una respuesta automática a su proximidad, a la visión de su torso y sus hombros, del vello de su cuerpo aplastado por el agua contra su piel cetrina bajo la que se veía el movimiento de sus poderosos músculos flexionándose y relajándose rítmicamente.

—Después de todo, no es habitual tener una piscina como ésta y a mí me encanta nadar.

A su pesar, su voz se tiñó de nostalgia. Hacía años

que no podía disfrutar de momentos así. La enfermedad de su madre y tener que cuidar de George habían
ocupado todas las horas del día.

–Debías haberte quedado conmigo, *glikia mou* –
dijo Nikos con sarcasmo mientras se pasaba ambas
manos por el cabello–. Habrías podido nadar en esta
piscina todo lo que quisieras.

–Me temo que si me hubiera casado contigo hace
cinco años eso no habría sido posible –dijo ella.

Pensar que Nikos la había engañado haciéndole
creer que iba a casarse con otra mujer hizo que ha-
blara con aspereza. No conseguía olvidar lo que él
había dicho: «Eres la única mujer con la que tengo
intención de casarme».

Era evidente que también eso era una mentira,
pero Sadie no lograba quitarse esas palabras de la cabeza, y sabía que debía enfrentarse a la posibilidad
de que, en un momento de debilidad, cuando Nikos
la había besado, hubiera deseado que fueran verdad.

¿Habría querido engañarse y ésa era la razón de
que se hubiera entregado tan fácilmente?

–Por aquel entonces no eras tan rico, ¿verdad? De
haberlo sido, no habrías venido a buscarme.

Nikos esbozó una sonrisa que reclamó la atención
de Sadie hacia unos labios que acababan de recorrer
su cuerpo, despertando un abrasador deseo en cada
milímetro de su piel, cuyo mero recuerdo le hacía arder de nuevo con un fuego que ni siquiera la fresca
agua podía apagar.

–¿No te basta como respuesta lo que ha pasado en
mi despacho? –preguntó él con un destello pícaro en
los ojos–. No hace falta que finjas una falsa modestia.

–¡No se trata de falsa modestia! –replicó ella, airada–. Sólo estoy siendo realista y sincera, y te ruego que tengas la decencia de hacer lo mismo. Lo cierto es que de no haber sido la hija de Edwin Carteret, heredera de su fortuna, no habrías hecho ningún esfuerzo por conocerme.

–Eso... –empezó Nikos, pero Sadie percibió un sutil cambió en su actitud y supo que estaba pensando cómo contestar la pregunta sin salir perjudicado.

–Nikos, te he pedido que seas sincero.

Nikos la miró en silencio durante un prolongado silencio en el que Sadie prácticamente pudo oírle sopesar todas las posibilidades antes de tomar una decisión.

–Está bien –dijo él finalmente–. La respuesta es que no. Nunca habría intentado conocerte de no ser quien eras.

El estado de shock en el que aquella admisión dejó a Sadie no fue menor que si Nikos hubiera intentado ahogarla. Al instante se reprochó haber albergado cualquier esperanza de recibir otra respuesta. Eso sólo demostraba que era una estúpida fantasiosa.

–Y es verdad que te mentí o al menos no te dije toda la verdad al reservarme la información de que el estado de las finanzas de los Konstantos no pasaba por su mejor momento. ¿Pero qué otra cosa podía hacer si para entonces sabía que tu padre estaba intentando acabar con nuestras empresas?

–Podías haber confiado en mí.

–¡Cómo puedes hablar de confianza cuando formabas parte de la conspiración! –Nikos dejó escapar una risa amarga–. Mientras yo luchaba por la supervivencia de mi familia, tú estabas esperando a clavarme el puñal con el que darme la puntilla.

Sadie no pudo más. En el pasado había tenido que participar en el ruin plan de su padre y había tenido que guardar silencio para protegerse a sí misma y a su madre, que ya estaba embarazada. Pero puesto que su padre había muerto, al menos a él Nikos ya no podría hacerle daño.

–Si no llego a hacer lo que hice, lo habríais perdido todo.

La escrutadora mirada que Nikos le dirigió le hizo desear huir, pero tuvo la seguridad de que él no la dejaría escapar sin darle una explicación.

–¿Qué quieres decir con eso? –preguntó él.

Haciendo acopio de valor, Sadie lo miró por encima de la brillante superficie del agua. El orgullo le hizo erguir la espalda y alzar la barbilla.

–Hablas de haber luchado por tu familia cuando lo que verdaderamente te importaba era parte de su fortuna.

Sadie supo al instante que había algo que no sabía. Nikos había modificado de nuevo la expresión de su rostro para convertirlo en una máscara completamente inexpresiva. Pero era la primera vez que no parecía estar tan seguro de sí mismo, y Sadie decidió demostrarle que tampoco él estaba en posesión de toda la verdad.

–Si no llego a hacer lo que hice lo habrías perdido todo. Pero, al menos te quedó Atlantis.

En cuanto mencionó el destartalado hotel que su padre había dejado a los Konstantos como única posesión, supo que había dado en el clavo. Aunque Nikos permaneció impasible, su cuerpo se tensó como si le hubiera dado un puñetazo en el estómago.

–¿Qué sabes tú del Atlantis?

A Sadie le abandonó súbitamente la fuerza que le había transmitido el rencor y se sintió exhausta. Ya no podía más. No podía soportar la mirada retadora de Nikos atravesándola.

–Ya basta –fue todo lo que pudo decir.

Y al ver que Nikos abría la boca para insistir, sumergió la cabeza en el agua y fue buceando hacia la escalerilla del extremo opuesto de la piscina.

Pero Nikos fue más rápido que ella y, sujetándola antes de que pudiera empezar a subir, la obligó a girarse hacia él.

–Explícate –dijo en un tono que exigía ser obedecido.

Pero Sadie sintió la garganta agarrotada y sólo pudo sacudir la cabeza. De su cabello saltaron gotas de agua que mojaron el rostro de Nikos y que él secó con un gesto brusco de una mano mientras con la otra la mantenía asida.

–Explícate –repitió. Y para sorpresa de Sadie abandonó su actitud beligerante–. Lo que dices no tiene ningún sentido. Tu padre estuvo a punto de acabar con el imperio de los Konstantos. De hecho, llegamos a creer que nos había arrebatado absolutamente todo. Sólo más tarde...

Nikos vaciló unos segundos, como si de nuevo midiera sus palabras para no exponer lo que le ocultaba.

–Solo después –continuó–, descubrí que Carteret nos había dejado algo porque quizá para él no tenía importancia o...

Sadie lo miró fijamente y concluyó por él:

–El Atlantis.

Nikos asintió, sombrío. Pero Sadie sintió que aflojaba la fuerza con la que le sujetaba el brazo y supo que se había producido una nueva transformación en su estado de ánimo.

–Sólo puedes saber del Atlantis si estuviste directamente implicada en que no nos lo quitaran –dijo Nikos, entre la afirmación y la pregunta, aunque por cómo la miraba era evidente que ya sabía la respuesta.

–Así es –dijo Sadie. Y sintió una punzada de orgullo que la animó a seguir–: Claro que estuve implicada. Podía haberos dejado la isla, e inicialmente eso fue lo que pensé. Pero cuando llegó el momento de decidir, pensé que el pequeño hotel que mi padre me había presentado como la otra opción podía serte de mucha más utilidad que el vínculo sentimental que te unía a Icaros. Y no me equivoqué, ¿verdad?

Nikos asintió lentamente.

–En absoluto.

–Claro que no me equivoqué, porque te conocía y sabía que dejándote un negocio, por pequeño que fuera, te proporcionaba un medio con el que recuperar tu fortuna. Lo que no calculé fue lo rápido que lo lograrías ni que usarías todo tu poder y tu dinero para vengarte de mi familia.

–De tu padre –aclaró Nikos. Pero Sadie estaba demasiado concentrada en sus amargos recuerdos como para comprender lo que Nikos decía o cómo lo decía.

–Y cuando creíamos que todo había acabado, que nos lo habías quitado todo, el destino te repartió el último as y decidiste arrebatarnos la casa. Así terminarías con lo que quedaba de los Carteret, pero no contabas con que yo me presentara en tu despacho y te suplicara que nos dejaras quedarnos en Thorn Trees, que te dijera que haría lo que fuera... Entonces... –a Sadie se le quebró la voz, pero consiguió continuar–. Fue entonces cuando comprendiste que todavía te quedaba algo por hacer: tenías el dinero, las empresas, la casa, pero te faltaba ejecutar tu venganza personal contra mí.

Nikos había dejado caer la mano y ella se separó de él mientras combatía las lágrimas que le ahogaban la garganta.

–Pues ya tienes lo que querías, Nikos. Hace dos días dijiste que todavía no te sentías satisfecho. ¡Espero que ahora sí lo estés, porque a los Carteret ya no nos queda nada que no sea tuyo!

Tenía que irse. Si se quedaba se derrumbaría. Le ardían los ojos. Con la visión nublada, encontró la escalera a tientas y la subió.

–¡No!

Nikos salió del agua tras ella y la hizo volverse.

–Te equivocas. Esto ya no tiene nada que ver con la venganza.

–¿Ah, no?

–No. Puede que al principio sí, pero luego las cosas han cambiado.

–¿En qué sentido?

Una sonrisa asomó a los labios de Nikos, que por un instante apartó la mirada de Sadie.

–Por el camino, el deseo de venganza se transformó en otro mucho más básico.

Sadie lo miró desconcertada.

–¿Qué puede ser más básico que la venganza?

Nikos no contestó, pero el brillo de sus ojos al mirarla no dejaba lugar a dudas. La respuesta estaba clara: la lujuria, el deseo físico, la pasión sexual. Eso era lo que motivaba a Nikos desde el primer momento, una pulsión que anulaba todo lo demás, que lo anegaba todo. Sadie lo reconocía porque también ella lo sentía cada vez que Nikos la tocaba. ¿No era eso lo que había sucedido momentos antes, cuando habían dejado que la poseyera sobre el escritorio de su despacho sin ofrecer la mínima resistencia?

–Así que... –balbuceó–, ¿la historia de tu prometida...?

–Ya te he dicho que era mentira –Nikos apoyó su frente en la de ella y la miró fijamente–. ¿Cómo podría estar con otra si jamás te he logrado olvidar? Por tu culpa no me interesa ninguna mujer. Nunca me he librado de ti.

–¿No te ha interesado ninguna otra? –preguntó ella, sin dar crédito a lo que oía.

–Si hubiera otra, ¿cómo podría besarte así? –Nikos la besó lenta y dulcemente–. ¿Cómo podría tocarte así?

Si con el beso le había acelerado la sangre, Nikos prendió una llamarada en su interior recorriendo su espalda con una sensual caricia.

–¿Y cómo podría haber llevado a mi cama a otra mujer cuando la que deseo está aquí ahora mismo?

«La única mujer con la que tengo intención de casarme».

Las palabras de Nikos resonaron en sus oídos tentándola y atormentándola a un tiempo. Tentándola porque deseaba que fueran verdad, y atormentándola porque le costaba creerlas. Y sin embargo, cuando había insistido en que le presentara a su prometida, había dicho: «se trata de la única mujer con la que he querido casarme en toda mi vida».

La cabeza le daba vueltas. ¿Sufriría una insolación

o era posible que...? ¿Podía creer una palabra de lo que Nikos decía?

Pero entonces Nikos se apoderó de nuevo de sus labios y Sadie se dio cuenta de que en realidad le daba lo mismo. Todo lo que quería en la vida, todo lo que anhelaba, estaba delante de ella, en la forma del hombre del que se había enamorado cinco años atrás y al que nunca había conseguido olvidar.

Se estaba ahogando en una nueva oleada de sensualidad, cayendo atrapada en la tela de araña que Nikos tejía a su alrededor. Y aunque una voz interior le susurraba que fuera sensata, que había algo que no estaba bien, eligió no escucharla.

Nikos la acariciaba y el calor del sol no era nada comparable al rastro de fuego que su palma ardiente iba dejando sobre su piel. Con una de sus manos cubrió un seno de Sadie a la vez que con el pulgar describía círculos alrededor del pezón hasta que Sadie se estremeció y gimió. Podía sentir el sexo endurecido de Nikos contra el vientre y la respuesta del suyo, humedeciéndose.

–Entonces... –balbuceó, pasándose la lengua por los labios para poder articular palabra–, ¿te habrías casado conmigo cuando nos conocimos?

–Desde luego que sí. Habría hecho cualquier cosa para tenerte en mi cama.

Nikos volvió a torturarla deliciosamente con la boca, besándole el cuello, bajando hasta sus senos y atrapando un pezón entre los dientes, mordisqueándolo y tirando de él hasta que arrancó un gemido mezcla de placer y dolor de la garganta de Sadie, que ya perdido todo control, sólo era consciente de la pulsante sensación que sentía entre las piernas.

–¿Acaso lo dudas? –preguntó Nikos sin separar sus labios del pezón, convirtiendo su aliento en una caricia a través de la tela del bañador.

–No... –dijo ella, sacudiendo la cabeza más como una respuesta física al placer que a cualquier pregunta real.

En el mundo ya sólo quedaban Nikos, ella y el devorador deseo que los consumía. Todo lo demás era irrelevante.

–Entonces ven conmigo, ven a mi cama, *glikia mou*, y deja que te demuestre lo que quiero decir.

Sadie intentó contestar con la única respuesta posible que afloraba a sus labios, pero no estuvo segura de haber conseguido articular el simple «sí» que le quemaba los labios y le nublaba la razón.

Pero debió lograrlo o el frenesí con el que le devolvía los besos bastó a Nikos como respuesta, porque sin hacer más preguntas y sin ningún tipo de vacilación, la tomó en brazos y, pasando del sofocante calor del exterior al fresco interior de la casa, subió con ella las escaleras hacia su dormitorio.

Capítulo 10

LA LUZ de la mañana y el sol templando su rostro sacaron finalmente a Sadie del profundo sueño en el que había caído pasada la medianoche. Bostezando y desperezándose, sintió las agujetas que la apasionada sesión con Nikos había dejado en distintas partes de su cuerpo.

Había sido una larga y frenética noche que había sucedido a la igualmente apasionada tarde que también habían pasado en la cama. En cierto momento se habían levantado para comer y tomar una copa de vino, pero la comida se había enfriado en la mesa después de que Nikos, tras un par de bocados, se inclinara y plantara en sus labios otro beso dulce y sensual. Sadie había respondido con igual entusiasmo y pronto habían abandonado toda pretensión de comer para volver de nuevo al dormitorio.

Todavía sentía la huella de los besos y las caricias de Nikos en los puntos de placer que ella desconocía y que él había buscado con fruición, descubriéndole un mundo de sensaciones al que nunca había estado expuesta. El aroma de Nikos seguía impregnando en las sábanas, y al girarse encontró el hueco en la almohada donde su cabeza había descansado cuando los dos finalmente habían sido atrapados por el sueño.

Tampoco se habían borrado el personal sabor de su piel ni el agridulce gusto de su sudor. Con un suspiro de bienestar, se estiró de nuevo y se pasó la lengua por los labios para deleitarse en el sabor de su primer y único amante, que seguía adherido a su piel. El sabor del único hombre al que había amado.

Con un sobresalto, se incorporó bruscamente y miró fijamente por la ventana hacia el mar azul que batía suavemente la orilla.

¡El único hombre al que había amado y al que seguía amando con todo su corazón!

Exhaló un suspiro de sorpresa al constatar una verdad contra la que no podía luchar. Se había enamorado locamente de Nikos al conocerlo y nunca había dejado de estar enamorada de él. Nada de lo que había sucedido, nada de lo que se había interpuesto entre ellos había conseguido que ese sentimiento se transformara. Por mucho que hubiera creído odiarlo, en el fondo de su corazón había seguido amándolo. Y lo que era aún peor, siempre lo amaría.

Pero, ¿qué sentía Nikos?

Finalmente cayó en la cuenta de qué la inquietaba la tarde anterior, junto a la piscina, cuando Nikos había empezado a besarla y acariciarla hasta que había sido incapaz de pensar ni de interpretar la voz que le susurraba que algo no iba bien, que debía reflexionar y reaccionar antes de sumergirse en el océano de sensualidad al que la estaba arrastrando.

Pero ya era demasiado tarde para arrepentirse. Tenía que admitir que su vida ya nunca volvería a ser la misma, y que había dejado de serla, no el día anterior, sino desde el momento en el que había ido al despacho de Nikos en Londres después de cinco años. Era demasiado tarde para creer que podría retomar su vida y soportar la ausencia de Nikos, para ignorar que seguía amándolo. Y si se había negado a reconocer la verdad era porque estaba aterrorizada de amar a un hombre que no sentía lo mismo por ella. Por eso se había obligado a creer que lo odiaba, porque era la única manera de sentirse segura, de poder seguir adelante.

–¡Sentirme segura! –exclamó en alto, dedicándose a sí misma una amarga carcajada.

¡Como si hubiera podido estar alguna vez segura! ¡Como si cualquier barrera hubiera podido protegerla de lo inevitable!

Estaba enamorada de Nikos Konstantos y él... Bueno, era innegable que Nikos la deseaba sexualmente, de eso no cabía ninguna duda. De hecho, había dedicado la tarde y la noche anterior a demostrárselo. Quizá incluso era cierto que quisiera casarse con ella, pero sólo para tenerla en su cama, como él mismo había dicho: «Desde luego que sí. Habría hecho cualquier cosa por tenerte en mi cama».

Pero en ningún momento había pronunciado la palabra «amor» ni había insinuado que sintiera nada parecido. Porque nunca la había amado. Ni en el pasado ni en el presente. Y no había ninguna posibilidad de que llegara a amarla en el futuro, si es que tenían un futuro en común.

–¡Oh, Nikos!

Con un suspiro de dolor, salió de la cama. El amanecer la había arrancado de la maravillosa fantasía del día anterior. La luz del día la devolvía a la realidad, y sin Nikos distrayéndola con sus besos y sus caricias, logrando que olvidara sus temores y sus dudas, veía con nitidez que la noche no había marcado un nuevo comienzo, sino un punto final.

¿No era eso lo que Nikos había insinuado al hablar de «superar lo que hay entre nosotros»? ¿No era evidente que se refería a la atracción física? Nikos no había hecho ninguna promesa ni le había ofrecido otra cosa. Y ella sería una estúpida si creía leer algo más entre líneas o si albergaba otras expectativas.

Pero por el momento, se dijo mientras iba al cuarto de baño con paso decidido, aceptaría lo que se le ofrecía. Porque si era sincera, era tan frágil como para aceptar lo poco que Nikos le diera. Un día... un instante...

Todavía con esa resolución en mente salió del baño desnuda y con el cabello empapado, y se quedó paralizada al ver una figura a contraluz frente a la ventana.

–¡Nikos!

El sol a su espalda recortaba su silueta, dejando su rostro en la oscuridad. Pero había algo en su actitud, en la tensión de sus hombros, en la fuerza con la que metía las manos en los bolsillos de los pantalones, que la puso alerta. Nikos no estaba allí para una charla intrascendente, y a no ser que estuviera muy equivocada, tampoco tenía la menor intención de retomar el sexo que los había ocupado la noche anterior.

–¿Qué sucede? –preguntó.

Pero Nikos habló al unísono:

–Tenemos que hablar.

Su tono de voz no dejaba lugar a dudas respecto a su estado de ánimo, y Sadie sintió que se le encogía el corazón. «Tenemos que hablar» era la frase con la que empezaban las conversaciones cuando pasaba algo malo o cuando estaba a punto de pasar. Pero, ¿qué podía ser cuando no había sucedido nada nuevo en las últimas horas?

–Muy bien.

Fue todo lo que pudo decir, y de una manera absurda, dada la intimidad que habían compartido durante la noche, se arrepintió de no haberse envuelto en una toalla al salir del cuarto de baño. De pie, completamente desnuda, se sentía espantosamente vulnerable y habría querido esconderse. Y desde luego no estaba en condiciones de mantener una conversación que se iniciaba con el preámbulo «tenemos que hablar».

–Pero primero déjame que me vista.

Nikos pareció estar de acuerdo con ella, pero lo que debía haberla aliviado sólo contribuyó a preocuparla aún más. La noche anterior su desnudez le habría hecho olvidar cualquier otra cosa que ocupara su mente y no habría dudado en aprovechar las circunstancias. Pero en ese momento sólo era un obstáculo para lo que quería resolver. Así que la conversación no podía conducir a nada bueno.

–Por supuesto.

Sadie tenía que ir a su dormitorio a por la ropa.

–Tengo que...

Pero Nikos ya se dirigía hacia la puerta como si no pudiera aguantar ni un segundo más en su presencia.

–Te espero en el despacho –dijo, por encima del hombro.

–Enseguida voy.

Sadie consiguió ocultar bajo un tono animado su

angustia. Por mucho que se hubiera estando preparado para que Nikos la repudiara, no esperaba que
fuera tan pronto. Sadie no creyó que ni siquiera la
oyera, tal era la prisa que tenía por marcharse.

Mientras bajaba las escaleras precipitadamente,
Nikos se dijo que era un estúpido por no haber previsto lo obvio. Había dejado a Sadie en la cama,
completamente desnuda, y al entrar en el dormitorio
y oír la ducha abierta en el cuarto de baño, lo lógico
era que siguiera desnuda.

Pero no estaba pensando con ninguna lógica porque estaba obsesionado con las noticias que había recibido a primera hora. Así que cuando Sadie había
surgido del cuarto de baño, espectacular en su desnudez, con la piel sonrosada por el calor del agua, la
imagen lo había sacudido como un golpe a su ya di-
fusa mente. Y eso era algo que no podía permitirse
de ninguna de las maneras.

Tenía la imagen del cuerpo desnudo de Sadie fi-
jada en su mente. De hecho, desde la noche anterior
la tenía tatuada en el recuerdo y ya nunca podría borrarla. Si había creído que la sensual indulgencia a la
que se había entregado las dieciocho horas anterior
iba saciar su deseo y liberarlo de ella para poder retomar su vida, se había equivocado radicalmente.
Nunca se saciaría de Sadie Carteret, y una noche de
total abandono con ella, en lugar de apagar su anhelo,
había incrementado su apetito hasta niveles que no
había experimentado en el tiempo que llevaban sepa-
rados.

Por eso, el artículo que había leído en la columna

de sociedad del periódico le había perturbado hasta nublarle el entendimiento.

–¡*Gamoto*!

Le resultaba imposible sentarse y esperar a Sadie fingiéndose tranquilo. La noción de que había empezado a confiar en ella cuando en realidad estaba engañándolo y llevándolo a su terreno, le estaba haciendo enloquecer.

Sadie bajó con mayor prontitud de lo que había esperado. Y lo desconcertó así mismo porque en lugar de arreglarse para presentar su imagen más seductora, tal y como Nikos había asumido que haría al haber intuido que algo iba mal, se había limitado a ponerse una camiseta y unos pantalones vaqueros con los que, por otro lado, estaba igualmente sexy. Pero era evidente que no había optado por un conjunto provocativo con el que seducirlo.

Aun así, Nikos no podía dejar de pensar en su cuerpo desnudo en su cama, bajo el de él, caliente y acogedor, y tuvo que hacer un esfuerzo sobrehumano para fijar su mirada en la de ella, convencido de que sólo en sus ojos vería la verdad cuando intentara defenderse o inventar excusas para su intrigante comportamiento.

–¿Qué pasa?

Así que iba a interpretar el papel de inocente con un toque de arrogancia. Exactamente la misma expresión que la última vez que la había visto, cinco años atrás.

Nikos tomó un periódico de los que estaban sobre el escritorio y se lo pasó bruscamente.

–Lee.

Supo el preciso momento en el que Sadie recono-

cía la fotografía porque palideció y se mordió el labio
con tanta fuerza que estuvo tentado de pedirle que
parara y pasarle el dedo con delicadeza para suavizar
la marca que le estaba dejando.

–¿Qué tienes que decir? –preguntó a bocajarro
cuando Sadie dejó el periódico y estaba asimilando
la noticia.

–¿De qué?

Sadie no sabía qué esperaba que dijera. Y ni siquiera estaba segura de que tuviera sentido intentar
defenderse cuando por la forma en que Nikos la observaba, era evidente que ya había emitido un juicio
de culpabilidad y sólo faltaba que pronunciara la sen-
tencia.

–No sé nada de todo esto –añadió, señalando la
fotografía con la mano.

Lo que sí comprendía era que Nikos estuviera furioso.

Había bajado temblorosa, angustiada al no saber
qué sucedía, pero convencida de que era algo terrible.
La única suposición que se había hecho era que Nikos, habiéndose arrepentido de lo que había pasado
la noche anterior, fuera a anunciarle que todo había
acabado. Era eso para lo que se había preparado, pero
no tenía ni idea de cómo reaccionar ante lo descon-
certante de la situación.

–¡Nada! –exclamó al ver la incredulidad con la
que Nikos la miraba.

En la fotografía se les veía a los dos en Cambrelli's
en el preciso momento en el que ella se había incli-
nado levemente hacia adelante y extendía su mano
hacia él. Aunque no habían llegado a tocarse, la fotografía daba la impresión contraria por el ángulo desde

el que había sido tomada. Además, por la manera en que inclinaban sus cabezas y se miraban, la fotografía transmitía una historia muy distinta a lo que realmente estaba sucediendo, y que se reflejaba en el titular que la acompañaba: *¡Juntos de nuevo!* Y el resto del artículo seguía en la misma línea: el sexy millonario y la novia que lo había plantado en el altar volvían a estar juntos. Se habían reunido en secreto en un restaurante modesto y parecían haberse reconciliado.

–No comprendo por qué te molesta tanto que nos vieran juntos –Sadie intentó restarle importancia con un encogimiento de hombros–. Después de todo, no tienes una prometida a la que pueda molestar la noticia.

–¿De verdad crees que eso tendría alguna importancia?

Sadie no supo cómo contestar. Su mente trabajaba en deducir qué había ocurrido.

–La tormenta... –dijo de pronto–. Aquella noche había una tormenta, y lo que tomé por un relámpago...

–Era el fotógrafo al que habías avisado de nuestro encuentro.

–¿Qué? ¿Te has vuelto loco? ¿Por qué iba a hacer algo así?

–Es evidente, por Thorn Trees.

Sadie miró a Nikos desconcertada mientras se masajeaba las sienes para contrarrestar el dolor de cabeza que la amenazaba. La abrupta transición de un despertar feliz y relajado a aquella brutal atmósfera estaba resultando una sacudida para su cuerpo. Y cuanto más agresiva era la actitud que adoptaba Nikos, más le costaba pensar.

–No comprendo qué relación puede tener esto con Thorn Trees –dijo finalmente.

–No te hagas la inocente, *agapiti mou* –dijo Nikos, sarcástico–. ¿Acaso crees que no puedo sumar dos y dos?

–¡Sí, y que te dé cinco! –estalló Sadie–. O quinientos. No comprendo cuál es la conexión entre una cosa y otra, pero estoy segura de que tú vas a explicármela.

–¿No es evidente?

–Para mí, no.

Nikos alzó las manos en al aire y exhaló el aire entre los dientes en un gesto de dramática irritación.

–«Tengo todo bajo control, mamá. Sabes que puedes contar conmigo» –dijo con sorna.

Sadie lo miró desconcertada por unos segundos, hasta que se dio cuenta de que estaba repitiendo parte de la conversación que había mantenido ella con su madre el día anterior.

–Me refería al trabajo que se suponía que iba a hacer para ti –balbuceó. Al notar que las piernas le temblaban, se apoyó en el respaldo de una silla–. No sé qué pensabas que estaba planeando.

La furia con la que Nikos la miró le indicó que seguía sin creerla. Resistiéndose a ser intimidada, Sadie lo miró sin parpadear. Finalmente, Nikos se pasó las manos con impaciencia por el cabello a la vez que mascullaba algo en griego.

–La cena en Cambrelli's tuvo lugar después de que vinieras a mi despacho a suplicarme que os dejara permanecer en Thorn Trees.

–Lo sé, y después de que me dijeras que no tenía nada que hacer.

–Exactamente, a lo que tú contestaste que harías cualquier cosa para hacerme cambiar de opinión.

Caer en la conclusión de lo que Nikos estaba insinuando fue tal shock que Sadie se alegró de contar con el apoyo de la silla al sentir que la cabeza le daba vueltas.

–¿De verdad crees que para conseguir mi objetivo avisé a la prensa de que íbamos a encontrarnos para que sacaran una fotografía?

La forma en que Nikos la miró le bastó como respuesta, pero Sadie seguía sin llegar a comprender.

–Pero, ¿en qué me habría beneficiado que sacaran una fotografía de nosotros juntos? ¿Cómo iba a usarla para convencerte de que nos dejaras Thorn Trees?

–Bastaría con que nos vieran juntos e insinuaran que habíamos retomado nuestra relación.

–Pe-pero... –Sadie no salía de su perplejidad.

–Da lo mismo que tú y yo supiéramos que no era cierto –continuó Nikos–. Sin embargo, si el resto del mundo lo creía, ¿cómo habrían reaccionando si yo era capaz de echar de su casa a la madre y al hermano pequeño de mi prometida? ¿No podría verse como una venganza porque te negabas a volver conmigo?

–¿Crees que habría usado esa fotografía para chantajearte y conseguir lo que quería?

–¿Y por qué no? Habría sido una jugada digna de tu padre. Él estaría orgulloso de ti, Sadie *mou*. Está claro que has sido una alumna muy aplicada.

–¡Yo no he aprendido nada! –Sadie supo que elevando la voz no conseguiría nada, pero no pudo evitarlo–. ¡Ni aprendí ni habría querido aprender nada de él! Siempre me horrorizó la sangre fría con la que podía actuar. Se creía con derecho a dictar las vidas de los demás. De hecho, los dos os parecéis mucho. ¡Él arruinó mi vida, la de mi madre y la de todos lo que lo rodeaban!

–¿De verdad quieres que te crea?

–¿Sabes qué? –Sadie levantó sus manos en un gesto similar al que Nikos había usado unos minutos antes para mostrar su exasperación–. Que me da lo mismo. Es evidente que te has formado una opinión y que nada de lo que pueda hacer o decir va a modificarla. Así que me doy por vencida.

Tendría que resignarse a perder Thorn Trees y asumir que Nikos no daría su brazo a torcer bajo ninguna circunstancia. Pero por el momento, no podía pensar en ello o perdería la poca fuerza que le quedaba.

–Tienes razón –dijo Nikos de pronto, con un encogimiento de hombros que la desconcertó–. En realidad ya no tiene importancia. De hecho, hace que todo sea mucho más fácil.

El comentario fue tan inesperado que Sadie dio un paso atrás mirándolo con prevención, como si temiera que de un momento a otro se fuera a transformar, literalmente, en otra persona.

–¿Más fácil en qué sentido?

Nikos clavó sus ojos en los de ella y sonrió con la frialdad de una serpiente. Sadie sintió que la recorría un escalofría en anticipación a lo que fuera a decir.

–A nadie le sorprenderá que nos casemos. Para entonces, las revistas del corazón no estarán tan interesadas en nosotros.

Sadie sacudió la cabeza para librarse de su confusión. No podía haber oído bien.

–¡No vamos a casarnos!

–Te equivocas –Nikos apoyó la mano en el escritorio y se inclinó hacia ella–. Está claro que es la mejor solución.

–¿Cómo te vas a casar conmigo si ni siquiera me lo has pedido?

–¿De verdad crees que tengo que hacerlo? –preguntó Nikos, desconcertándola una vez más–. Ya te he dicho que eres la única mujer con la que he querido casarme.

Y la certeza que reflejaba su rosto dejaba claro que verdaderamente bastaba con que él lo quisiera.

–¡Sí, para arrastrarme a tu cama!

Sadie se había equivocado si esperaba que Nikos diera alguna muestra de sentirse avergonzado.

–¿Y qué mejor razón podría haber para estar juntos? –replicó él con indiferencia.

Sadie no expresó en alto el pensamiento que le cruzó la cabeza: el amor y el afecto, dos sentimientos que, evidentemente, Nikos no había sentido nunca ni sentiría en el futuro.

–Sexualmente, hacemos una gran pareja, no puedes negarlo –dijo él, confirmando sus sospechas–. Quiero tener más noches como la que acabamos de pasar.

–¿Y yo? –Sadie tuvo que hacer tal esfuerzo para poder articular palabra que su voz sonó áspera y ronca–. ¿Qué beneficio obtengo de todo esto?

Nikos volvió a poner cara de sorpresa ante su falta de comprensión.

–¿De verdad necesitas que te lo aclare? Te convertirás en mi esposa, disfrutarás de todos los lujos que puedo proporcionarte, jamás miraré a otra mientras estemos juntos. Y te entregaré Thorn Trees de regalo de bodas.

Era obvio que para él eso era todo lo que ella quería, y que por eso le desconcertaba que pareciera vacilar. No se daba cuenta que no era nada de lo que Sadie realmente quería.

De hecho, acababa de ponerle ante los ojos su peor pesadilla, aún peor que la que había sufrido al descubrir los verdaderos motivos que tenía para querer casarse con ella en el pasado. Al menos entonces, ella había creído, erróneamente, que la amaba, mientras que en ese momento ni siquiera se molestaba en crear esa ilusión.

Sólo fue capaz de contestar con un rotundo monosílabo:

–No.

¿Qué más podía decir? No tenía sentido intentar dar explicaciones. Permanecían en campos de batalla opuestos y el abismo entre ellos era infranqueable.

–¿Por qué no? Si en el pasado estuviste dispuesta a casarte conmigo por dinero, ¿por qué no ahora? ¿Cuál es la diferencia?

Un cubo lleno de agua helada no la habría sacado de su aturdimiento con más eficacia. ¿Por qué permanecía allí, dejando que la insultara? La cruda realidad era que había perdido, y que lo mínimo que podía hacer era salvar la poca dignidad que le quedaba.

–¿Que cuál es la diferencia? Hay tantas que no merece la pena que intente explicártelas. No creo que lo comprendieras.

–Inténtalo.

Sadie ya se encaminaba hacia la puerta, pero esa palabra le hizo volverse y mirarlo a los ojos. De haber visto en ellos el menor resquicio de que de verdad quería darle una oportunidad, habría hecho el esfuerzo. Pero los encontró vacíos de cualquier emoción, fríos en su convencimiento de que estaba en posesión de la verdad.

–Ni siquiera te das cuenta de que el mero hecho de que hagas la pregunta demuestra que tienes un problema. Si crees que hay alguna mujer capaz de aceptar la propuesta que acabas de hacerme, es que te has vuelto loco.

Y sabiendo que con aquellas palabras había quemado sus últimos cartuchos y que debía huir antes de colapsar, Sadie salió sin dirigirle otra mirada.

–Voy a hacer la maleta a mi dormitorio y luego me iré. No necesito que pongas a mi disposición tu avión privado, pero te ruego que llames un taxi para que me lleve al aeropuerto.

Capítulo 11

NIKOS la dejó ir sin tan siquiera intentar detenerla. Permaneció donde estaba sin moverse mientras la observaba en silencio recorrer el pasillo hacia las escaleras.

Y Sadie sabía que debía agradecérselo, porque estaba segura de que si hubiera llegado a llamarla o a reclamarla, se habría derrumbado.

Sin embargo, gracias al silencio de Nikos, consiguió llegar a lo alto de la escalera, donde se detuvo durante una fracción de segundo para tomar aliento e intentar recuperar el dominio de sí misma mientras las lágrimas que llevaba un buen rato conteniendo comenzaban a rodar por sus mejillas.

Nikos ni siquiera había considerado que valiera la pena intentar luchar por ella. Había rechazado su oferta de matrimonio y no pensaba hacer ningún esfuerzo para intentar convencerla. Así de simple. Había dicho que se marchaba y no le quedaba ninguna otra salida, aunque no quería ni imaginar la escena que se produciría cuando llegara a casa y le diera a su madre la noticia de que tenían que abandonarla. Pero ya se enfrentaría a ello cuando llegara el momento. Ahora, debía concentrarse en hacer la maleta.

No le llevó mucho tiempo. Apenas tenía ropa consigo y no le importaba lo más mínimo que volviera arrugada. Lo único que le importaba era salir de allí con la mayor celeridad posible. Asumía que no volvería a ver a Nikos.

Por eso la sorprendió que, tras una seca llamada con los nudillos, se abriera la puerta y Nikos entrara en el dormitorio. El corazón le dio un vuelco y por un momento no pudo evitar preguntarse si...

Pero no tenía ningún sentido que hubiera subido para intentar convencerla de que no se marchara, o para hablar con ella. Por el contrario, con la mirada sombría y expresión lúgubre, se limitó a indicar la maleta que ella cerraba en ese momento y a preguntar:

–¿Está lista?

–Sí.

–Yo te la bajo.

Así que quería ayudarla, probablemente para asegurarse de que se fuera lo antes posible, Y por eso Sadie no se molestó en agradecer su aparente amabilidad.

Tomó su bolso y su chaqueta, y lo siguió al piso inferior. Al llegar al vestíbulo, a Sadie le sorprendió que no estuviera esperándola un taxi y asumió que estaría por llegar. Rezó para que llegara lo antes posible. Cada minuto de más que pasara junto a Nikos, multiplicaría su tortura y la arrastraría un poco más hacia el límite.

–Necesitarás esto.

Nikos le tendía algo: su ordenador y su móvil. Precisamente cuando tomaba el segundo e iba a meterlo en el bolso, la asaltó un pensamiento.

–¡Mi madre!

Entre la apasionado noche y la espantosa mañana

que había vivido, había olvidado llamar a su madre para asegurarse de que estaba bien. Al mirar la pantalla, vio que la batería estaba descargada.

—Llama desde el despacho.

La voz de Nikos la sobresaltó. Alzó la mirada hacia él, desconcertada.

—¿Estás seguro?

—Claro. ¿Crees que me preocupa el coste de una llamada?

El despacho estaba exactamente como lo habían dejado, con los periódicos todavía abiertos sobre el escritorio. Pero por alguna extraña razón, a Sadie la asaltó la escena que había tenido lugar allí con anterioridad. No lograba borrar de su mente el recuerdo de sí misma sentada sobre el escritorio, con la ropa desarreglada y las sensaciones a flor de piel mientras se aferraba a los poderosos hombros de Nikos.

Sintiendo que se ruborizaba, tomó el auricular. Pero en ese preciso momento, Nikos posó su mano sobre la de ella, sobresaltándola y quemándole la piel allí donde la tocaba.

—Una cosa —dijo abruptamente—. La hostilidad entre las dos familias acaba aquí y ahora.

—¿Me crees capaz de decir algo a mi madre que contribuya a hacerle sentir más odio? Lo único que quiero es olvidar.

Sabía que la brusquedad con la que retiró la mano de debajo de la de Nikos podía interpretarse como una negación de sus palabras, pero lo que verdaderamente pasó fue que llegó a temer que los dedos le ardieren en contacto con los de él.

Afortunadamente, Sarah volvía a encontrarse mejor, así que la conversación fue breve. Sintiéndose a

un tiempo aliviada y violenta, Sadie colgó cuidadosamente y miró hacia el reloj de pared.

–¿A qué hora viene el taxi?

–No lo he llamado –dijo Nikos, desconcertándola
una vez más–. Antes tenemos que hablar.

–¿Es que no has dicho todo lo que tenías que decir?

Le dejó perpleja ver que Nikos sacudiera la cabeza, pero al instante asumió que lo que quería aclarar estaba relacionado con la conversación que ella
acababa de mantener con su madre.

–Ya sé que no le he dicho nada, lo siento. Por teléfono hubiera sido horrible. Pero prometo decírselo
en cuando llegue a casa, y nos iremos lo antes posible. En cuanto...

Dejó la frase en suspenso al notar un cambio en la
expresión de Nikos de la que dedujo que eso no era
lo que le preocupaba, que no estaba enfadado porque
no le hubiera dicho a su madre que tenían que abandonar Thorn Trees. Se trataba de otra cosa.

–Nikos...

–Háblame de tu madre.

Como era lo último que Sadie esperaba oír, lo
miró con perplejidad y Nikos aclaró

–Tengo la impresión que lo que le pasa se ha convertido en tu principal problema. Reconozco los síntomas.

–¿Qué síntomas?

–Háblame de ella.

Era evidente que no iba a darse por vencido, y si
era verdad que las hostilidades habían cesado, ya
daba lo mismo que lo supiera o que no.

–Está enferma –se adelantó a decir él.

–¿Cómo...? La verdad es que sí. Está... emocionalmente frágil. En realidad es agorafóbica. No ha salido de la casa desde que nació George.

Miró a Nikos con ansiedad, esperando a ver cómo reaccionaba. Nikos se limitó a asentir con expresión contenida al tiempo que se sentaba sobre el escritorio de lado, dejando un pie en el suelo, y esperaba a que Sadie continuara con la explicación.

–Cuando George nació, sufrió una espantosa depresión postparto combinada con...

–Con el hecho de que el niño no era de tu padre –concluyó Nikos, dejándola perpleja.

–¿Cómo lo sabes?

–Sólo así tiene sentido el secretismo que rodeó el nacimiento del niño y el comportamiento de tu padre. Actuó como un hombre que se sintiera traicionado y dispuesto a hacer que el mundo entero pagara por su desgracia.

–Así fue exactamente como se portó –dijo Sadie, asintiendo con tristeza al recordar las espantosas peleas, los gritos y los portazos.

–¿Por qué tu madre no lo dejó? ¿Su amante la había abandonado?

–Murió en un accidente justo antes de que mamá supiera que estaba embarazada. Mi padre se enteró al mismo tiempo y fue entonces cuando empezó la pesadilla.

–¿Llegaste a saber quién era el hombre en cuestión?

–No. Ella jamás me lo ha dicho, y mi padre le hizo jurar que nunca lo diría como condición para dejarle permanecer a su lado. Lo único que me ha contado de él es que murió en un accidente de barco.

–¿Hace algo más de cinco años?

¿Qué habría dicho para que Nikos entornara los ojos y elevara el tono de voz?

–¿Qué importancia tiene eso? –preguntó.

Pero Nikos se puso en pie y abrió un cajón del escritorio antes de contestar.

–¿Tienes una fotografía de tu hermano?

–¿De George? Claro –Sadie rebuscó en su bolso, sacó el billetero y abriéndolo, localizó una fotografía tamaño carnet de George.

En el momento en que se la tendía a Nikos, éste dejó sobre el escritorio un álbum y tras buscar una página concreta, señaló con el dedo una fotografía para que Sadie la mirara.

–¡Dios mío! –Sadie dejó caer su fotografía junto a la de él–. ¡Es George!

–Es mi tío Georgiou –dijo Nikos–. Desde que ayer te llamó la atención su fotografía empecé a sospecharlo. Justo antes de que él muriera fue cuando tu padre empezó a poner todo su empeño en acabar con nuestra empresa. De hecho, si tuvo éxito tan pronto fue porque mi padre sufrió tal shock por la muerte de su hermano que entró en una depresión y no supo defenderse.

–¡Mientras que mi padre estaba decidido a vengarse de Georgiou por su relación con mi madre!

De pronto todo encajaba.

–Dejó de ser un enfrentamiento profesional para convertirse es una venganza personal.

Que los había atrapado a ellos dos en medio.

–Esta maldita pelea no has afectado a todos –Nikos sacudió la cabeza con la mirada fija en el suelo. Habló con la voz teñida en parte de rabia y de lo que

Sadie habría descrito como desesperación–. Pero se acaba aquí.

De pronto alzó la mirada con sus ojos de bronce refulgiendo.

–Se acaba aquí –repitió con fiereza–. Y a partir de ahora las cosas van a ser muy distintas. Para empezar, no tienes que preocuparte por Thorn Trees. Será mi regalo para tu madre y para... mi primo. Además, el pequeño George heredará la parte que le corresponda de la fortuna de su padre.

–Gracias –balbuceó Sadie.

Su mente era un torbellino de emociones. Estaba aliviada y feliz por su madre y por George, pero también sentía una inmensa inquietud por lo que todo aquello pudiera representar para ella. Tenía que asumir que había perdido cualquier posibilidad de que Nikos la amara, y que tenía que enfrentarse a un futuro sin él con la mayor dignidad posible. Con el cambio de circunstancias, esa realidad se complicaba aún más, puesto que al ser Nikos y George primos, querría formar parte de la vida del pequeño, y eso la sometería la tortura de verlo con regularidad, de seguir en contacto con el hombre al que amaba y que nunca la había amado.

–Harás... Harás muy feliz a mi madre. Hace poco me confesó que el padre de George había sido el amor de su vida, y que su muerte la había destrozado –de pronto, recordar algo que Nikos había dicho al inicio de la conversación hizo que lo mirara con expresión inquisitiva–. Cuando has preguntado por mi madre, has dicho que reconocías los síntomas.

Sadie no consiguió articular la pregunta que la inquietaba, pero Nikos asintió lentamente con la cabeza para indicarle que no necesitaba decir más.

–Mi padre. Sé bien lo que significa ver enloquecer a alguien y estar siempre pendiente de su equilibrio mental. Temer constantemente que se repita una crisis.

–Y todo tiene el mismo cruel origen.

Tampoco fue preciso que Nikos explicara en más detalle para que Sadie comprendiera. Sus ojos velados le proporcionaban todas las respuestas que pudiera necesitar.

–Tu padre lo dejó en la bancarrota justo después de haber perdido a su hermano y, al igual que tu madre, sucumbió al dolor. Un día volví a casa y lo encontré...

La palidez de su rostro advirtió a Sadie de que había pasado algo terrible. Súbitamente Nikos se separó del escritorio sobre el que descansaba y recorrió la habitación arriba y abajo como un tigre enjaulado.

–Volví a casa más temprano de lo habitual. Él había calculado que tenía tiempo de sobra.

De pronto, Sadie creyó saber con precisión a qué día se refería Nikos, y se le puso la carne de gallina. Nikos se detuvo ante la ventana y miró el mar, pero Sadie tuvo la seguridad de que sus ojos dorados no veían la playa, ni la espuma que las olas formaban al morir en la orilla.

Al verlo apoyar la frente en el cristal y respirar con angustia, Sadie no pudo seguir al otro lado de la habitación. Cruzó la distancia que los separaba y posó la mano en su brazo. No se atrevió a más a pesar de que tenía el corazón encogido de tristeza al pensar en los sucesos que debía estar rememorando.

Igual que sus padres, ellos habían sufrido y pade-
cido por culpa de la rivalidad entre las dos familias.
Pero como resultado de esa hostilidad, en la que se
habían visto implicados, ninguno de los dos podía
consolar al otro.

–Ése fue el día que te llamé...

El día que había sospechado que su padre podía
haberle mentido al decirle que Nikos no la amaba,
que sólo quería utilizarla como arma de venganza.
Aunque ya había roto el compromiso y anulado la
boda, pensó que debía dar una oportunidad a Nikos
de explicarse.

–Me mandaste al infierno.

–Lo sé –Nikos dejó escapar un profundo suspiro
y se volvió hacia ella con lentitud, como si hubiera
envejecido súbitamente–. Pero, ¿qué otra cosa podía
hacer? Estaba en la habitación con mi padre, que
creía haberlo perdido todo y que tenía un arma en la
mano con la que pretendía matarse.

–¡Dios mío, Nikos, debió ser espantoso!

Era aún peor de lo que había imaginada. Tanto
para Nikos como para ella.

Por aquella llamada y por la forma en que Nikos
la había rechazado, Sadie se había puesto firmemente
de parte de su padre.

–Yo creí que mi padre me había dicho la verdad.
Le rogué que me ayudara, y él me dijo que si hacía
exactamente lo que él me decía, todo iría bien. Que
a cambio, él cuidaría de mi madre y que criaría al
niño como si fuera suyo.

Y su padre le había dictado las espantosas palabras que había dedicado a Nikos desde lo alto de la
escalera con supuesta indiferencia.

–Lo siento –concluyó Sadie–. No sé cómo pude decirte aquello.

–Yo sí lo sé –dijo Nikos, sorprendiéndola–. Lo comprendo porque yo también acabé implicado. En teoría sólo pretendía ayudar a mi padre, pero acabé tan obsesionado contigo que no podía ni pensar. Para entonces la empresa me daba lo mismo, sólo me importabas tú. Por eso, cuando descubrí que mientras pasábamos el fin de semana juntos...

Sadie no necesitó preguntar para saber a qué fin de semana se refería. Aquél en el que, enloquecida por el deseo que Nikos despertaba en ella, se había entregado a él y habían pasado tres días aislados, sumergidos en un mundo propio de apasionada sensualidad.

Los mismos tres días que su padre había aprovechado para dar el último y definitivo golpe.

–No debía haberme ausentado, tendría que haber permanecido junto a mi padre. Pero cometí el peor de los errores...

Sadie se estremeció al saber que se refería a haber pasado ese tiempo con ella.

–El sentimiento de culpa me ahogó. Pero opté por culpar a tu familia, y especialmente a ti.

Nikos se pasó los dedos por el cabello y se masajeó las sienes como si necesitara aliviar un dolor intolerable.

–Así que cuando acudiste a mí porque tu madre necesitaba permanecer en el único lugar donde se siente segura, atisbé la oportunidad de llevar a cabo mi venganza. *Thee mou*, cariño mío, me creía inmune a esta absurda rivalidad y pensaba con orgullo que la había dejado atrás. Pero ahora me doy cuenta de que todo este tiempo me ha ido devorando. Tenía una opinión espantosa de ti porque eras un miembro de la familia Carteret y no quería darme cuenta de que estaba cegado por el odio.

¿Se habría dado cuenta de lo que había dicho? Sadie prefirió pensar que había entendido mal cuando le había parecido que la llamaba «cariño mío».

–La culpa no es toda tuya –dijo ella, titubeante–. Yo también había hecho y dicho cosas terribles.

Pero Nikos sacudía la cabeza enfáticamente, con una expresión de dolor que hizo que a Sadie se le encogiera el corazón.

–Y ni siquiera entonces fui capaz de admitir cuál era el verdadero sentimiento que me motivaba y que, en el fondo, no tenía nada que ver con la venganza, sino con el hecho de que en cuanto te vi, supe que no podría vivir sin ti. Por eso recurrí a una trampa tan burda, porque estaba convencido de que si pasábamos unos días juntos todo volvería a ser como al principio.

–¡Y tenías razón! –estalló Sadie, no pudiendo soportar por más tiempo el dolor que Nikos le transmitía sin intentar consolarlo–. ¿No te lo demostró lo que pasó ayer? ¿No te das cuenta de que quiero estar contigo?

–Puede que en la cama –dijo Nikos, apesadumbrado–. Pero yo quiero más que eso. Te quiero junto a mí para siempre. Y estaba tan desesperado por lograrlo, que te he ofrecido todo lo que podía darte, sin darme cuenta de que no era la casa ni el dinero lo que tú...

–No –lo interrumpió Sadie con dulzura, quebrándosele la voz cuando Nikos le tomó las manos y la atrajo hacia sí. El corazón le latía tan deprisa que lo oía retumbar en su cabeza–. No quiero nada de eso.

Nikos la miró con una cegadora intensidad al tiempo que le presionaba las manos, y Sadie pudo leer en su mirada que hablaba con total sinceridad.

–Ahora te voy a ofrecer lo único que realmente importa –dijo él, con una solemnidad que hizo que Sadie lo mirara sin pestañear–. Aunque en realidad, lo único que puedo darte, ya es tuyo porque te lo entregué hace mucho tiempo. Por eso mismo llevo años perdido, sin saber quién soy ni cómo vivir.

Lentamente, se agachó hasta posar una rodilla en el suelo y continuó:

–Eres dueña de mi corazón y de mi amor. Son tuyos para siempre. Para mí no habrá nunca otra mujer. Por eso te ruego que te cases conmigo y que juntos acabemos con el odio que ha envenenado a nuestras familias para construir un futuro lleno de felicidad.

–¡Oh, Nikos! –Sadie tiró de él con suavidad para que se alzara y poder responderle–. Mi corazón es tuyo y no quiero que me lo devuelvas jamás. Sólo quiero compartir el futuro contigo y amarte como siempre he deseado hacerlo. Por eso mi respuesta es que sí, porque no hay ninguna otra posible. Si...

Pero Sadie no pudo continuar porque sus palabras quedaron ahogadas en un apasionado beso que expresó mejor que mil palabras lo que sentía.

–¿Podemos irnos ya? ¿Podemos irnos ya? –el pequeño George no dejaba de dar saltitos de impaciencia–. Por favor, por favor, quiero ver a Nikos.

–Yo también –dijo Sadie, devolviendo la sonrisa

a George al imaginar a Nikos esperándolo a poca distancia para celebrar aquel día tan especial–. Y vamos a verlo enseguida.

George había adorado a su primo mayor en cuanto lo vio y con el paso de los días, la adoración se había convertido en idolatría, al tiempo que Nikos pasaba a ocupar la figura del padre que nunca había conocido.

–Pero primero tenemos que esperar a que...

Se quedó a media frase ante la irrupción de su madre, que lucía un bonito vestido color melocotón y dirigía la mirada directamente a su hija, admirando su sencillo vestido de encaje blanco y la diadema de flores frescas que contrastaban con su brillante cabello negro.

–Estás preciosa, cariño. Nikos se va a quedar boquiabierto.

–Eso espero –Sadie se alisó el vestido y respiró con suavidad para calmarse–. ¿Y tú cómo estás, mamá?

Era imposible disimular la preocupación que sentía mientras escrutaba el rostro de su madre. Parecía tranquila y sosegada, pero por debajo del meticuloso maquillaje, se traslucía cierta palidez y una expresión levemente angustiada que demostraba el esfuerzo que estaba haciendo. El terapeuta que Nikos le había buscado había hecho maravillas, y la mejoría de su salud combinada con la buena noticia de saber que Thorn Trees le pertenecía, había obrado en ella una trasformación increíble. Aun así, Sadie nunca hubiera imaginado que podría llegar a viajar hasta Icaros.

–Me encuentro perfectamente –aseguró–. Además, estoy donde quiero estar: junto a mi hija, el día de su boda.

–¡Y no sabes lo feliz que soy de que me acompañes!

De hecho, Sadie nunca había sido tan feliz. Recogió el bouquet de flores blancas diciéndose que era el mejor día de su vida: el día en que se casaría con el hombre al que adoraba y que representaría el punto y final de las hostilidades que habían amenazado con destrozar a sus familias.

No sólo la familia Konstantos la había acogido a ella con los brazos abiertos, sino que George había aportado una nueva felicidad al padre de Nikos. Petros se había mostrado jubiloso al conocer la existencia de un vínculo con su fallecido hermano, y Sarah como la madre de George y la mujer a la que Georgiou había amado, también había recibido una cálida acogida.

–¿Podemos irnos ya? –repetía George, incansable–. ¿Es ya la hora? No quiero esperar más.

–Sí es la hora –dijo Sadie, sujetando el ramo con una mano y tendiendo la otra a su madre–. Y yo tampoco quiero esperar ni un minuto más.

Del brazo y con el pequeño bailoteando a su alrededor, Sadie y su madre recorrieron el corto paseo que conducía al pequeño puente de madera que estaba decorado para la ocasión con flores y lazos, al final del cual les esperaba la puerta abierta de la pequeña capilla en la que la esperaba Nikos.

Sadie hizo una breve pausa en el escalón de piedra antes de cruzar el umbral, y recordó la primera ocasión en la que había entrado en aquella misma capilla, pero pronto borró la imagen al darse cuenta de que aquellos momentos de inseguridad y duda quedaban tan atrás que parecían no haber existido. Ante sí tenía la promesa de una felicidad que daría sentido al resto de su vida.

Pasaron unos segundos antes de que su vista se adaptara a la penumbra del interior, pero en cuanto lo logró, posó la mirada en la alta y poderosa figura del hombre que la esperaba junto al altar.

Al instante sintió que estaban solos en la capilla y que el mundo que los rodeaba se desvanecía. Sólo existía Nikos, el hombre al que había entregado su corazón, regalándoselo para que hiciera con él lo que quisiera.

–Nikos –susurró. Y los ojos se le llenaron de lágrimas.

Aunque era imposible que hubiera oído, Nikos se volvió en aquel preciso instante y la transformación que se operó en su rostro al verla hizo que Sadie se sintiera levitar varios centímetros por encima del suelo.

–Sadie... –leyó ella en sus labios–. Sadie, mi amor, mi adorada.

Y cuando abrió los brazos para darle la bienvenida, ella corrió hacia él sin titubear, yendo al encuentro del futuro que compartiría con el hombre al que amaba.

Bianca

Exclusiva: El soltero más codiciado de Sidney se casa…

El multimillonario Jordan Powell solía aparecer en la prensa del corazón de Sidney y, en esa ocasión, lo hizo con una mujer nueva del brazo.

Acostumbrado a que todas se rindieran a sus pies, seducir a Ivy Thornton, más acostumbrada a ir en vaqueros que a vestir ropa de diseño, fue todo un reto.

El premio: el placer de la carne.

Pero Ivy no estaba dispuesta a ser una más de su lista.

Esposa en público

Emma Darcy

¡YA EN TU PUNTO DE VENTA!

Acepte 2 de nuestras mejores novelas de amor GRATIS

¡Y reciba un regalo sorpresa!

Oferta especial de tiempo limitado

Rellene el cupón y envíelo a

Harlequin Reader Service®
3010 Walden Ave.
P.O. Box 1867
Buffalo, N.Y. 14240-1867

¡Sí! Por favor, envíenme 2 novelas de amor de Harlequin (1 Bianca® y 1 Deseo®) gratis, más el regalo sorpresa. Luego remítanme 4 novelas nuevas todos los meses, las cuales recibiré mucho antes de que aparezcan en librerías, y factúrenme al bajo precio de $3,24 cada una, más $0,25 por envío e impuesto de ventas, si corresponde*. Este es el precio total, y es un ahorro de casi el 20% sobre el precio de portada. !Una oferta excelente! Entiendo que el hecho de aceptar estos libros y el regalo no me obliga en forma alguna a la compra de libros adicionales. Y también que puedo devolver cualquier envío y cancelar en cualquier momento. Aún si decido no comprar ningún otro libro de Harlequin, los 2 libros gratis y el regalo sorpresa son míos para siempre.

416 LBN DU7N

Nombre y apellido	(Por favor, letra de molde)

Dirección	Apartamento No.

Ciudad	Estado	Zona postal

Esta oferta se limita a un pedido por hogar y no está disponible para los subscriptores actuales de Deseo® y Bianca®.
*Los términos y precios quedan sujetos a cambios sin aviso previo.
Impuestos de ventas aplican en N.Y.

SPN-03   ©2003 Harlequin Enterprises Limited

Deseo™

Noches en el desierto

SUSAN STEPHENS

Aunque Casey Michaels creía que había ido muy bien preparada para su
nuevo trabajo en el desierto, se sintió
totalmente fuera de lugar ante el pode-
roso atractivo de su maravilloso jefe.
El jeque Rafik al Rafar reconoció la
inexperiencia de Casey nada más verla,
y bajo el sensual calor del desierto se
encargó de su iniciación sexual. Para
su sorpresa, Casey le enseñó a su vez
el significado de los placeres sencillos
de la vida; sin embargo, su sentido del
deber como rey lo reclamaba…

*¿Sería capaz de amarla fuera
de las horas de trabajo?*

¡YA EN TU PUNTO DE VENTA!

Una vez en Río, Marianne se enterará de la verdad…

Las cicatrices son el único recuerdo que Eduardo de Souza tiene de la vida que llevaba en Brasil. Siempre esquivo con la prensa, ha elegido vivir solo. Pero, entonces, ¿cómo se le ha ocurrido contratar a un ama de llaves? ¡Pues porque nunca ha podido resistirse a una belleza de aire desvalido!

Marianne Lockwood se queda fascinada con su jefe y se deja llevar con agrado hasta su cama, pero Eduardo tiene secretos…

Amor en Brasil

Maggie Cox

¡YA EN TU PUNTO DE VENTA!